COBALT-SERIES

鳥籠《とりかご》の王女と教育係

さよなら魔法使い

響野夏菜

集英社

鳥籠の王女と教育係

さよなら魔法使い

目次

登場人物紹介
アレクセル
魔法大国エリアルダの王孫子で、エルレインの婚約者。底抜けに明るい性格だが……。
エルレイン
小国オーテットの王女。生まれた時に受けた呪いのせいで、お城から出られなかった。また、触れた異性はすべてカエルになってしまう。皮肉屋。

シラル
エルレインの従弟《いとこ》。見聞を広めるため遊学中。
ゼルイーク
エルレインの呪いを解くことと、王《おう》妃《ひ》として教育することを任務としてやってきた魔法使い。口が悪い。
オルフェリア
エルレインの幼《おさな》馴《な》染《じ》みで、親衛隊長。剣の腕は男勝《おとこまさ》り。

イラスト／カスカベアキラ

鳥籠《とりかご》の王女と教育係

さよなら魔法使い

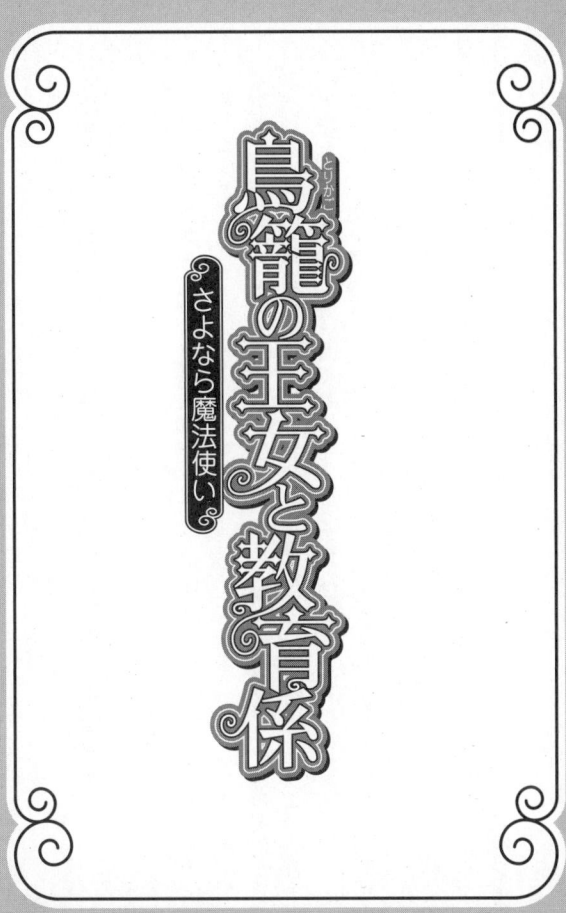

序章　オーデット国王陛下、突然の思いつきに来宮する。

オーデット国王である父が山頂の王城から愛馬で駆け降りてくる音に、エルレインはまたか、と思った。

とはいえ、ずいぶん久しぶりの「またか」ではある。父ラバールは七カ月ほど前から、訪問を自主規制していた。理由は、突然降ってわいたエルレインの婚約により、この離宮《りきゅう》——青殻宮《せいかくきゅう》——が変わったことだ。呪《のろ》われて離宮住まいを余儀《よぎ》なくされた哀れな鳥籠《とりかご》の王女の宮殿は、押しかけ婚約者とその友人であり、なおかつエルレインの教育係兼魔法使いの滞在場所となった。賑《にぎ》やかで楽しい場所となった。

だからラバールは「父が来《こ》ずとも、もう寂しくなかろう？」と遠慮《えんりょ》したという。聞く者の涙を誘う愛であろう？　と自分で言ったあたりが、美談の捏造《ねつぞう》くさい。父を知るエルレインとしては、「あとはお若い人だけで、イヒヒ」のようなヒヒ爺《じじい》な気持ちからだというのが本音ではと疑っている。

「おお、姫よ。変わりはないか？　機嫌は麗《うるわ》しいか？」

ラバールは愛馬クルスフォンをエルレインの日中の居場所であるサロンのテラスぎわまで乗りつけ、テラスから室内に上がり込んで笑顔を振りまいた。お妃《きさき》教育の講義を受けていたエルレインは、父のおおげさな身振りのあいさつをおざなりに受けて答える。

「それなりに麗しかったですわお父さま。つい三秒ほど前までは」

父《あなた》の乱入まではね、と言ったも同然だったが、ラバールはへこたれなかった。「国一番の皮肉屋」と称される娘の父を十七年もやれば、鋼《はがね》なみに鍛えられる。

ラバールは、懐《ふところ》から取り出した封書をエルレインと婚約者のアレクセル・マレイク、教育係兼魔法使いのゼルイーク、エルレインの幼馴染《おさななじ》みで彼女の親衛隊長もつとめるオルフェリア・ローレシュに手渡した。ごくありふれた厚手の、箔押《はくお》しや優雅な蔓草《つるくさ》模様の型押し《エンボス》出しに飾られた封筒だ。たいがい招待状として使われる。

「茶話《さわ》会であるぞよ」

ラバールは封を切る前に言って、エルレインの顔を顰《しか》めさせた。

「どうせご自分でいらっしゃるなら、わざわざ書記の手を煩《わずら》わせずにもよかったでしょうに」

「何を言うか姫よ。それが彼らの仕事であるぞ、取り上げてなんとする」

「伝書係の仕事は奪っておいて、そう仰《おつしや》います？」

王には専任の、私信だけを扱う伝書係がいる。

娘の指摘に、ラバールは空咳《からせき》をした。どうせ伝書係の存在など、雲一つない青空のようにきれいさっぱり忘れていたのだろう。

「義父上《ちちうえ》主催の茶話会ですか。楽しみだなあ」

「とっても興味深いですわよ」

離宮で開かれたそれに、過去に山ほど出席したエルレインは言った。娘の皮肉にもめげず、ラバールは笑顔になる。

「興味深い思いをさせてもらうのは、今回は父である。茶話会では、そなたらの秘密を披露《ひろう》してもらうのだからのう」

エルレインは藍《あい》色の目を見開いた。片眉《かたまゆ》を上げる。

「なぜそんな馬鹿げたことをしなければならないんです」

「姫よ、忘れたのか。話しっこの約束をしたではないか。ほれ、互いの秘密を一つずつ打ち明けようというあれだぞよ」

「それ、お父さまが夏の終わりに倒れられた際の、退屈しのぎじゃありませんか」

もう、季節は冬となっている。初霜《はつしも》の月に行われる〈聖シエザの祭り〉があったのも先月で、先週からは雪もちらつきだしている。

「たしか、あの時は義父上が始められ、次に行く前で終わったのでしたね」

思い出すアレクセルに、ラバールは勢いよくうなずいた。

「そうであるぞムコどの！　だからこそその茶話会である」

「しっこいですわよお父さま」

「左様《さよう》、それがそなたの父だ」

逆襲してラバールは威張《いば》った。絶対に、自分の言い損で終わらせるつもりはないのだろう。

「よろしいじゃありませんか。面白い」

そうやって父の肩を持つのはゼルイークだ。ややくせのある黒髪に、感情で色を変える孔《く》雀《じゃく》石《いし》色の目を持つ教育係兼魔法使い。ウリは月のように冴えた美貌《びぼう》と、天下一の毒舌《どくぜつ》。美貌をどう保っているかは知らないが、毒舌の方はエルレインに猛威《もうい》を振るうことで、いつもぴかぴかに研《と》いである。

「あなたにだって、秘密の一つや二つや三つや四つくらいおありでしょうエルレインさま」

「ゼルイークさまのように、三ケタ越えの秘密がなくてお恥ずかしいですけれど」

お互いに、にっこり笑う。いつものちょっとした小手調べだ。

アレクセルが最近伸ばしぎみの前髪を引っぱった。お日様色の髪と鮮やかな緑の瞳で、彼はそんな仕草も実に豪奢《ごうしゃ》だ。

「ふむ。では、わたしは何をお話しするかな」

「アレクセルさま、今お考えにならずにいいんです」

思いつきをダダ漏《も》れにしそうなアレクセルを、エルレインは止めた。西の大国エリアルダの王の孫——王孫子——である彼は、趣味で「お馬鹿さん」をやっている。

オルフェリアが眼差《まなざ》しで「招待を受けるんだ？」と訊《き》いた。受けるしかないだろうと言うのが実状だ。父は全員が気持ちよく参加を表明するまでサロンで座り込みをするだろうし、そうなればあちこちから苦情が出る。

そして、父が寂しいのだとは察していた。一人娘であるエルレインは、異国の王孫子、つまりアレクセルに望まれて嫁《とつ》ぐ。妻である王妃《おうひ》はすでに亡く、夢でしか会えない。

先々月にも、ラバールは突然の思いつきで馬上槍試合を開催した。予期せぬ出来事が起こった結果、未だ語り草となっている試合だが、それもせめて一度でいいから着飾った娘と並んで観覧したいというラバールの希望が開催の理由だった。

エルレインは魔王の誕生呪《い》いにより、離宮から一歩でも出ると死、また触れる男性をすべてカエルにする呪われた王女として育った。離宮を鳥籠《とりかご》に見立て、〈鳥籠の王女〉と呼ぶ者もいた。死の呪いがゼルイークによって解かれたのはつい三月《みつき》ほど前だ。今はどこにでも自由に行けるようになったが、引き換えに、父と共に過ごせる時間は限られている。

正式発表前だが、婚礼は来夏、と目されていた。お妃教育《きさきき》も嫁入り道具の用意も、花嫁衣《い》装《しょう》も急ピッチで調いつつある。

そんな状況で、父をむげには出来ない。甚《はなは》だ馬鹿馬鹿しい催《もよお》し、とうんざりするが。とはいえ、アレクセルやゼルイークもかまわないと言ってくれているのだ、父を大切にしたい。

「喜んで伺《うかが》いますわ、お父さま」

「そう言ってくれると思ったぞ、姫よ。スペシャルゲストの用意もある！」

顔を輝かせるラバールの言葉に、エルレインは耳を疑った。

「スペシャルなんですって？」

「ゲストである。特別な客だ」

「それはわかります。誰を呼んだというのです」

先日の続きは、基本的にここにいる四人がいれば出来る。まさかローリオ、とエルレインは思った。オルフェリアの兄の一人で、父の元侍従《じじゅう》、エルレインの元宿敵でもある彼が、そもそも「秘密話しっこ」の提案者だ。

「陛下。もしやあちらの陛下では……」

「わたしの祖父か？」

オルフェリアが遠慮《えんりょ》がちに訊《たず》ね、アレクセルがちょっと慌《あわ》てた。おお、とラバールが閃《ひらめ》いた表情をする。その手もあったか、という顔だが、今回の客ではないらしい。

「姫よ、そなたの従弟《いとこ》であるぞよ」

「シラルさま？」

予想だにしなかった名前にエルレインは困惑した。父の弟ユークトの息子で、見聞を広めるためにと数年前から異国を遊学し、今は隣国に滞在しているはずだ。

シラルは同い年だが、一度しか会ったことがない。一つにはエルレインが王弟公爵《こうしゃく》ユークトによく思われていないせいで、もう一つにはシラルが男性だからだ。去年の今頃はまだ、エルレインに触れカエルとなった者を救う方法はなかったため、大事をとったのだ。

「とうとうご帰国なさるのですか？」

「一瞬だけであるがな」

父の言うことが呑《の》み込めなかった。オーデットに立ち寄り、またすぐ旅立つのだろうか。

「わたしが陛下に頼まれました」

「ああ、魔法で」

ゼルイークの言葉で納得した。魔法の環《わ》を使えば、世界のどこにいても瞬きする間に戻って来られる。

「ですけど、急なお話じゃありません？」

シラルが帰国するなら、それなりに噂《うわさ》になるはずだ。

「うむ、急である。じつはまだ誰も知らぬぞ、年の瀬の集《つど》いの打ち合わせに呼び寄せたのだが」

オーデットの王城、水晶城《すいしょうじょう》では、年の瀬から年明けまで夜会が続く。国中の貴族たちが、普段は領地に引っこんでいる奥方や子どもたちを引き連れて集《つど》うため、何かのお披露目《ひろめ》には都合がいい。

察したエルレインに、ラバールはうなずいてみせた。

「さよう、シラルである。内々にではあるが、あれをユークトの息子ではなく、わたしの息子として皆に紹介することになるだろう」

そなたが嫁ぐ頃、シラルの立太子《りったいし》の儀《ぎ》を予定している、とラバールは言った。その日が来たか、とエルレインは覚悟にも似た気持ちを感じた。

オーデットでは女子に王位継承権はない。ラバールに男子がいないため、王位は、王弟ユークト、その長男シラルの順に継承権がある。だが世間では、王がシラルを養子にし、王太子指名をするだろうという見方が多かった。ラバールもそのつもりだったようだ。

にもかかわらず、今までオーデットの王太子位は空位となっていた。無視できない数の反対派が、異を唱えていたせいだ。すなわち、ラバール王にはエルレイン王女がいる。王女は女王にはなれないが、王妃となることはできるではないか、と。

通常オーデットの法では、そちらが優先されるのも事実だった。エルレインの場合も、国内の有力者、あるいは外国の王子を夫に迎えれば済む話だったのだ。

――彼女が呪われてさえいなければ。

触れられぬ妃《つま》を持ちたい夫がいるだろうか。否《いな》、それ以前に形だけの夫婦というのは、あまりにも王女にむごい仕打ちではなかろうか。

そんな声もあり、ラバールは沈黙を選んだのだ。のっぴきならなくなるまで、引き延ばすつもりだったのかもしれない。

けれど、エルレインの呪いは解かれ、エリアルダに嫁ぐことも決まった。それで父も動こうと決めたのだろう。

と、サロンの床に青白い光の環が現れた。文字と紋様《もんよう》の輝く魔法の環だ。人がカエルになるとき、どこかからどこかへ移動するとき。必ずこの環が対象を鎖《と》じこめ、力を発動させる。

「お一人で来させるんですか」

ゆったりかまえたゼルイークをエルレインは咎《とが》めた。魔法の環をくぐるという経験は、口では言い表せない衝撃を受けるものだ。気の弱い者は失神《しっしん》するとも言われているくらいで、エルレインには、つねにゼルイークがつく。

「大丈夫だと仰《おお》せでしたので。準備が出来次第、あちらの環に入ればこちらに出ますから。うちの殿下をお一人でお使いに行かせるよりもよほど安全です」

「それは、迷ったり山賊《さんぞく》に遭《あ》うような危険はないでしょうけれど」

「買い食いによる使い込みも、重要な落とし穴だぞエルレイン」

引き合いに出されたのは自分なのに、アレクセルはさらに貶《おとし》めた。本人としては、事実を述べただけのつもりらしいあたりが「お馬鹿さん」だ。

オルフェリアがこっそり天井を見上げる。魔法の環の中には、茶色の髪の少年が現れた。迎えるために立ち上がったエルレインは、まあ、と思わず声をもらす。初対面になるアレクセルも目を瞠《みは》った。

「シラルさま……？」

そうだと承知しながらも、エルレインは呼びかけた。夢を見ているような、奇妙な感覚だ。

従弟《いとこ》は、エルレインにかなり似ている。

目の色は同じだった。髪の色と性別が違うので生き写しというほどではないが、従弟と言うより、姉弟とか、双子《ふたご》という方がふさわしいかもしれない。

「エルレイン姫？　わりと似ているとは聞いてたけれど」

シラルの苦笑に、エルレインはうなずいた。まさかここまでだとは思わなかった。

シラルは魔法に動じてはおらず、ごく普通の調子で会話を続けた。

「変な感じだね。我が従姉姫《いとこひめ》はお美しく成長された、という挨拶《あいさつ》を用意していたのに」

それではまるで自分を褒《ほ》めているようだ。

「シラル、よくぞ戻った」

「お元気そうで何よりです陛下。しかし、こんな帰国は初めてですね。隣町に買い物に行くのだって、もう少し荷物がある。従者もいるし」

シラルは手ぶらで、それどころか外套《がいとう》も身につけていなかった。まるで、隣の部屋からやって来たかのようだ。

「荷造りなさるようお勧めしましたのに」

「いや。この姿でいきなり現れて、父を驚かせてやろうかと」

呆《あき》れるゼルイークにシラルは肩をすくめてみせた。アレクセルには、きちんと挨拶する。

「初めまして。お目にかかれて光栄です、アレクセル・マレイク殿下。ラバーヴィル公爵《こうしゃく》ユークトの嫡男《ちゃくなん》、シラル・オーデットと申します」

「アレクセルでかまわぬ。こちらこそ、会えて嬉しいよシラル殿下」

笑顔とお辞儀《じぎ》。外面《ソトヅラ》だけなら、アレクセルはどこから見ても立派な王子さまだ。

「ローレシュ嬢、馬上槍試合ではなかなか面白い経験をしたと聞いている」

言葉をかけられたオルフェリアが赤くなった。試合場でアレクセルに跪《ひざまず》かれたのを思い出したのかもしれない。

「恐れ入ります。……できればそっとしておいてください」

「わかった」

くすっと笑ってシラルは応じ、エルレインに向き直る。

「わが従姉姫《いとこひめ》。呪いが解かれたと聞いたよ。おめでとう」

「ありがとうございます」

「もう、好きなときに出かけられるのだよね？　そして今一つの方も、——緑色になっても戻れるようになったとか」

「お詳しいんですのね」

もちろん手紙が行っているのだろうが、どれだけ分厚《ぶあつ》い封書なのだろうか。

「おお、そうだ。どうじゃ、シラル。そなたも試してみぬか？　カエルはよいぞ。世界が驚くほど変わって見える」

「お父さま！」

気軽に呪われてみろと言う父に、エルレインは目を剝《む》いた。しかも、相手はあのユークトの息子ではないか。露見したら何を言われるか！

「素晴らしい提案です義父上《ちちうえ》！　どうですシラル殿下。あなたも魅惑の緑色体験を、いざ!!」

「アレクセルさままで！」

この父にして、このムコあり。馬鹿の二乗攻撃だ。

「ですが従姉姫。あなたにはつらいことなのでは」

シラルが人並みの気遣いをみせてくれてほっとする。〈馬鹿三乗〉になったら、家出するところだ。

「もう過去のことです」

この七ヶ月間、ヒト時間とカエル時間、どっちが長いのか疑問な婚約者がいるため、正直そういった感覚は麻痺《まひ》してしまっている。

カエルとなり命を落としたあの八人を心に留め続ける以外、エルレインは自分を責めるのをやめた。彼らだけは忘れてはならない。けれど、それ以外は。と。

ゼルイークを見遣《みや》ると、彼は興味のなさそうな顔をしていた。だが、勝手なことをいうラバールたちを面白く思ってはいないようだ。瞳が青色に濁《にご》りつつある。

「かまいません、ゼルイークさま」とエルレインは目で言った。緑色になりたければどうぞ。ただし、厳密には緑になるかはわからない。へそ曲がりのローリオは、灰色っぽいカエルになった。

エルレインは右手を差しのべた。変な感じだった。生涯《しょうがい》二度目の対面になる従弟《いとこ》を、会って数分でカエルにしてしまうなんて。

「ほんとうに、従姉姫？」

「エルレインでよろしいですわ。シラルさまがご興味がおありなら、どうぞ。ですけど」

手を伸ばすシラルから、右手を逃がした。これだけは言っておかねば。

「どうぞ叔父《おじ》さまには、ご内密に」

「当然。僕も小言《こごと》はごめんだから、『秘めごとが海の底、貝の中で真珠《しんじゅ》と変わるまで』ね」

符丁《ふちょう》めいた答え方をしたシラルが、エルレインの手を取る。

刹那《せつな》シラルの姿が消えた。床に叩きつけられる寸前、しゃがみこんだエルレインがカエルを捕まえる。

「お見事」

ゼルイークが言った。カエル捕りを褒《ほ》められたって、嬉しくない。

ゼルイークをむすっとにらんだエルレインは、手の中のカエルに目を丸くした。

第1章　エルレイン、従弟《いとこ》とカエルに振り回される。

……かわいい。

信じられないほど、かわいい。

カエルになったシラルは、歴代の面々のなかでも群を抜いた容姿をしていた。アレクセル（ヒキガエルの親玉なみ）を基準とすると、やや小ぶりで、緑色も明るい。身体《からだ》は愛らしく丸みを帯び、目が子鹿を連想させるほどつぶらである。

「うえ。——失礼」

カエル嫌いのオルフェリアが口を押さえた。カエルのカエルらしくかわいいところが、大っ嫌いなところなのだ。エルレインはわりとカエルが好きなので見とれているが、侍女《じじょ》たちはやはり逃げるかもしれない。

「う、ううう、ううう」

アレクセルが拳《こぶし》を握りしめていた。明らかにプライドを刺激されている。美しい赤ん坊として生まれ、美幼児美少年と段階を経てきた彼だ。美青年から美老人までの道も約束されている者としては、カエル時の姿も負けられないらしい。

「アレクセルさま。今カエルになったら絶交しますからね」

競い合う緑色など見たくなかったエルレインは、すかさず釘をさした。前回、カエルが三匹に増えたときには乱闘があった。二度は勘弁《かんべん》願いたい。

それにしても、もとの外見はカエル化にどう作用するのだろうか。似たようなことを考えていたのか、オルフェリアがつぶやいた。

「一兄《いちにい》さまやイスヴァートだったら、どうなるんだろうね」

名前の出た二人は近衛《このえ》騎士団の副将で、ひときわ大柄で体格もよい。エルレインはずしっとこたえる漬け物石サイズのカエルを想像してしまった。

「一抱えくらいあったら、あなたどうするのリオ」

「えっうそ、ヤだ。ごめんなさい！」

想像して泣き声になる。だったら、そんなことを口にしなければいいのにと思う。

「どうであるか、シラル」

訊《たず》ねるラバールに合わせてゼルイークが指を鳴らし、シラルに人語《じんご》を話すための魔法の胴衣を与える。

「これは……。先ほどの魔法の環《わ》でも感じましたが、たしかに違う」

エルレインの両手の中で、カエルは世界を見ようと伸びあがっていた。興味の方が大きく、魔法に対する恐怖は感じていないようだ。

「シラルさま。ヒトに戻られますか？」

「もう？　ああ、ええと、姫がご迷惑でなければ、今しばらくこのままいさせていただけないだろうか」

シラルは答えながらもぞもぞしていた。飛んだり跳ねたりしてみたいらしい。

エルレインはうなずいておいて、カエル特命係の見習い侍女、ジーニーを呼んだ。頬《ほお》の赤い十歳の少女が、ガラスの皿を捧げ持って元気良くやって来る。もとが王孫子だろうが公爵《こうしゃく》家令息だろうが、緑色になった瞬間から、彼女が世話係となるのだ。

その彼女が差し出す皿に、エルレインはシラルを載せた。ちんまり座ったカエルに、わあっとジーニーが歓声を上げる。やっぱりかわいいらしい。魔法の檻《おり》が皿の縁に起《た》ち上がってシラルを閉じこめた。老化対策であることをエルレインが教えると、シラルは両前脚で檻を摑《つか》み、間から鼻面《はなづら》を突きだした。どうやらこれは、カエル化したヒトに特有の癖《くせ》のようだ。

「姫。あなたが大きく大きく見える」

「らしいですわね。そのうち、ハエがおいしそうに見えてくるそうです」

「食したら、エルレインに縁を切られるぞ」

アレクセルが横から言った。少々恨《うら》みがましく聞こえなくもない。

「ああ、それは困るからやめておきます。姫、あなたもカエルになれたら楽しく遊べるのに」

無邪気《むじゃき》な従弟《いとこ》にエルレインは微笑を返した。いやでございますという代わりだ。

どのみち、『触れた男性をカエルにする呪《のろ》い』のかけられたエルレイン自身がカエルになることはない。例外はあるものの、『すでに呪われた者は重ねて呪えない』というのが、魔法の原則だからだ。

だからこそ、ゼルイークはエルレインに触れてもカエルにならずにいられる。彼は二百五十年前、魔王との戦いに敗れ、その後の生を細切《こまぎ》れに生きるという呪いを受けた。夏の盛りでも決して服の襟《えり》を緩《ゆる》めないのは、身体中に彼を縛《しば》りつける呪いの文字と紋様《もんよう》が刻まれているからだった。誰かが目にすれば、きっと不安を誘う。それを避けるためだ。

「ジーニー。シラルさまを城内見学ツアーにご案内申し上げて」

「はいっ」とよく通る声で答えたジーニーが、カエル皿を運んでゆく。シラルは手を振りながら上機嫌で遠ざかっていき、ジーニーが物慣れた調子で案内するのが聞こえた。まずは右手、通称〈風景画の廊下《ろうか》〉です。こちらは姫さまがお城から出られなかった頃、そのお心を慰《なぐさ》めるために集められた名画で、オーデット各地の素晴らしい景色がいながらにして——。

「あの子、いつのまにあんな口上《こうじょう》を覚えたの？」

訊ねたオルフェリアにエルレインは肩をすくめた。ジーニーを行儀見習《ぎょうぎ》いのため預かった身としては、見栄えのする刺繍《ししゅう》とか貴婦人らしい振る舞いを覚えていただきたい。

「それにしてもお父さま。シラルさまって、ああいう御方だったんですね」

「おお、気が合いそうか？」

　ラバールはぱっと笑顔になる。父も意外とタヌキだ。たとえ「いいえ」と思っていても、言いにくい演出である。政《まつりごと》もこの調子でおこなっているのだろう。

　とはいえ、シラルに悪感情はない。気さくさに驚いたというのが正直な感想だ。

「叔父《おじ》さまとの血のつながりに疑問を感じます」

真面目《まじめ》、勤勉、エルレインが嫌い。それが叔父ユークトだ。めずらしもの好きで恐れを知らないシラルは、どちらかというとラバールの系統だろう。

　エルレインは叔父に同情した。オーデット王家には、彼の苦悩をわかちあう人材が不足している。もしかしたら、彼女が最も適しているのかもしれないが、支え合う日は来ない。叔父とエルレインの間には、深くて渡れない河がある。すでに亡い人――エルレインの母レリ――が関わっているため、もつれた糸は解きようがなかった。

　それでいいのだとエルレインは思っている。叔父の気持ちを知って以来、むしろエルレインはユークトを尊敬していた。彼は王弟として、何よりまず、国のことを考えている。叔父のような人がいるからこそ、オーデット国は平らかに在るのだ。

　その兄である、思いつき優先の、情熱の人ラバールは、のほほんと笑顔のまま侍女たちに人さし指を立ててみせていた。

「よいか皆の者、離宮《ここ》でのことを、外でゆめ口にするではないぞ。ユークトにバレたら、わしは怒鳴られるからな。あれの説教はこりごりじゃ」

「叱《しか》られることばかりなさっているのはどなた、お父さま」

「わしであるぞよ」

開き直って答えたラバールはテラスへと出た。長居をすれば、近衛団《このえだん》の騎士が探しに来てしまう。

「ではエルレイン。シラルをしばし任せたぞよ。飽《あ》きたと申したら、家に帰してやるがよい」

まるで飼い犬でも預けるように言い、ラバールは来た時と同じように慌《あわ》ただしく駆け戻っていった。城壁の向こうから、土埃《つちぼこり》がゆっくりとたなびく。

「陛下の、シラルどのに対するお心遣いかも知れぬな」

アレクセルは好意的な解釈をした。ひとたび立太子《りったいし》すれば、こんな小国でも、シラルには気ままな日々はなくなる。王がどれだけ気ままであってもだ。

「そうね、最後の休暇なのかもしれないわね」

エルレインとしては、それをカエルとして過ごすのはどうかと思うが、まあ、人それぞれだろう。

「あのう、殿下。殿下も同じだったりしますか」

珍しくオルフェリアが訊ねた。特別な質問ではなかったが、エルレインは目を上げる。つい観察した。幼なじみの表情を、口調を。

「うむ？　わたしがこれほど長く居候《いそうろう》していられる理由か？　それは父上がご健在だからだ。エリアルダの王太子はあの方で、わたしはただのその息子に過ぎない。一応、継承位としては父に継ぐとされているが、身分の上ではコスタバール侯で、まあ、地方の一代官だな」

コスタバールは伝統的に王太子になる者が拝領する土地だと言うが、あくまでもそうみなされているというだけで、保証はない。

「ご領地のほうはよろしいんですか」

オルフェリアが心配そうな顔をした。アレクセルがオーデットに来て七ヶ月になる。

「日がなぐうたら、鼻をほじっていても平気ですわよねアレクセルさま」

エルレインは横から口を出し、後悔した。領主が頻繁《ひんぱん》にすげ変わるコスタバールには、代々領主に仕えるユーリィという一族がいる。実際に治めているのは彼らであり、有能だと聞いていたのだが、ぐうたら、は嫌味が過ぎた。

「そうなのだ。じつに気持ちのいい仕事ぶりで、わたしは教わるばかりだったりする」

だがアレクセルは気にした様子もなく答えた。もしくは聞き流してくれたようだ。エルレインはほっとし、反省する。けれどすぐに心がざわめいた。オルフェリアの続きを聞いて。

「そんなことはないでしょう。殿下ならきっと。——きっと」

途中で口ごもったオルフェリアが、不意にがくりとうなだれた。

「すみません、きびきびした殿下を想像しようとしたんですが……」

正直者のオルフェリアには出来なかったらしい。アレクセルが大げさにショックを受けてみせ、ゼルイークに訴える。

「聞いたかゼル。わたしは今、苛《いじ》められたぞ」

「すっすみません、すみません殿下。全然、そういうつもりでは！」

慌てる幼なじみに、エルレインは笑みを見せながら胸が痛かった。急にだ、と口中でつぶやく。

オルフェリアは急に、アレクセルと打ち解けた。悪いことではない、はずだ。初対面に見せた敵愾心《てきがいしん》を思えば、いい変化――に決まっている。オルフェリアはエルレインの輿入《こしい》れに同行し、エリアルダで暮らすのだし、アレクセルはエルレインの夫になる人なのだ。けれど。

手放しで喜べない自分がそこにはいた。変化には明らかなきっかけがあったせいだ。共に過ごす内に次第に棘《とげ》が消えたのではなく、ある日を、はっきりと境にしている。

馬上槍試合の日。

二月《ふたつき》ほど前のあの試合で、オルフェリアは騎士と貴婦人、相反するとされていた二つの立場を併《あわ》せ持つ人物だと認められた。認めさせたのはラバールとアレクセルで、ちょっとした仕掛けをし、誰にも公《おおやけ》に文句を言えない形に持っていったのだ。

アレクセル自身がまず優れた騎士であるところを示し、その自分が全《すべ》てを委《ゆだ》ねられる騎士としてオルフェリアを指名した。と同時に、アレクセルはオルフェリアを敬《うやま》うべき貴婦人として扱い、目の前で跪《ひざまず》いた。

それがオルフェリアにとってどんな経験だったかは、エルレインにも理解できる。オルフェリアは〈姫将軍〉と揶揄《やゆ》され、騎士叙任《じょにん》や王女親衛隊創立時には誰もが冗談と取り合わないところから始めた。「女のくせに」とことあるごとに言われてきた。そんな彼女を馬上槍試合で優勝したアレクセルが同格以上、としたのだ。栄誉ある展覧試合《エキシビション》の権利まで譲《ゆず》られた。

詰めかけた満場の観客の前で。

実際、仕掛け自体はオルフェリアのためになされたわけではなかった。離婚の危機を迎えたある夫婦を救うためのものだったが、それがなんだというのだろう。

アレクセルに好感を持つには充分だ。

あるいは好意を持つのに。

「レーン。お願いレーンからも言って。わたしが殿下を苛《いじ》めるなんてとんでもないって」

「いや」

真顔にオルフェリアが棒立ちになった。エルレインはすぐににやりとし、アレクセルには咎《とが》める眼差《まなざ》しを向ける。

「アレクセルさま、わたしの友人に難癖《なんくせ》をつけないでくださいませ。リオが意地悪を言うわけがないでしょう。ちゃんと本当のことですわよ」

「ねえレーン、フォローになってない。それ違うから」

青くなるオルフェリアをよそに、居合わせた者たちはくすくす笑った。アレクセル自身も面白がり、ゼルイークなどはわざとしかつめらしくする。

「お聞きになりましたか殿下。こういうのをイヤミの見本というんです」

嫌な女の見本でもある、とエルレインは思った。冗談で口にしたつもりだったけれど、さっき断った「いや」には、エルレインの醜《みにく》さが詰まっていた。

あの日から、エルレインはずっとオルフェリアを気にしている。笑顔の裏側、言葉の裏側に潜むものを知らず探している。

そして婚約者を窺《うかが》ってもいる。どんな顔で答えるか。どう答えるか。

浅ましい気持ちに喉《のど》を塞《ふさ》がれ、エルレインは唾《つば》を飲み込んだ。こんなことばかり考えているせいで、もう二月《ふたつき》も胸が苦しい。何て馬鹿みたいなのだろうと思い、そう思うたびに、エルレインの中で自分を罵《ののし》る声が続く。あなたなんか、ちっとも応えられていないのに、と。

——本当は、エルレインの「触れた男性をカエルにする呪い」は、解けているのだ。

正しくは、ゼルイークに頼めば完全に解いてもらえるようになっていた。なのに据え置きなのは、表向きはゼルイークの「愛嬌《あいきょう》」、アレクセルに対するいわゆるちょっとしたイヤガラセということになっている。

だが事実は違った。たしかに、イヤガラセは込みではある。けれど、ゼルイークはエルレインを庇《かば》っている。護《まも》っていると言ってもいい。

エルレインが、未だ立ち尽くしているからだ。触れたらカエルになるという歯止めがなくなるのを——恐れているから。

「そういえば、エルレイン。シラル殿下は妙なことを言っていたな。妙、というか、含むもののある言い回しというか」

「ああ、『秘密が貝になる』といったあれですね」

エルレインは気持ちをむりやりアレクセルに向け、気にするほどの意味はないのだと説明した。

「あれは、何年か前にオーデットで流行した小説の中の台詞《せりふ》なんです。主人公の男性が恋人のために犯した過ちを、彼女のために秘めたままにするというくだりがあって。『あの方のために、わたしは貝になろう。我が罪と痛みを、荒れ狂う心の、波の下に沈めて。秘めごとはやがて海の底、貝の中で真珠《しんじゅ》と変わる。死してのち、我が胸からは真珠がこぼれるであろう。願わくば神よ、それをあの方の手に取らせたまえ』、というんですけれど」

該当《がいとう》部分を長々と暗誦《あんしょう》すると、アレクセルがむう、と呻《うめ》いた。

「わたしが女なら、血まみれの真珠はほしくないなあ」

ロマンチック心の欠落したアレクセルに、周囲から非難の視線が飛んだ。だがエルレインは当時、まったく同じ感想を述べた記憶がある。オルフェリアと二人、周囲の熱狂ぶりに醒《さ》めた目を向けたものだ。

「シラルさまはご帰国されて、何かオーデットらしいことを口にしてみたかっただけだと思います。あれ、ご出発の前辺りよね、リオ。みんなが口癖《くちぐせ》みたいにしていたの」

「じゃないかなぁ」

「ちなみにエルレインさま、主人公の秘密はなんです？」

ゼルイークの興味はそちらにあるらしい。隠しごとの多い人だし、と独《ひと》りつぶやきながらエルレインは答えた。

「亡くなった恋人を魔法で生き返らせたんです。魔物に自らの魂《たましい》を売って、煉獄《れんごく》ゆきとなったことを黙っていたんですけど。——そんな、怒った顔をなさらないで下さい」

予想はしていたが、ゼルイークの瞳の色が冷ややかな青みを帯びた。

「怒ってませんよ。ただ、煉獄行きは当然だと思ったまでです」

死者を生き返らせるのは、邪法《じゃほう》の部類に入る。魔物と魂のやり取りをするのも、禁忌《きんき》中の禁忌だ。ゼルイークの言うように、重い制裁を加えられる。

「気持ちはわかりますけど、これ、ただのお話ですから」

しかも、読みどころは悲劇的な恋愛であって、魔法倫理《りんり》ではない。

「専門職って損ですよね」とオルフェリアが言った。「わたしも、騎士団の描写があったりすると、ああ馬鹿、そこは違うとか思ってしまって楽しめなくて」

「まったくです。というより、その主人公が魔法使いだったのかどうかが気にかかる」

「ええと、違ったように覚えてますけど」

「は。それでどうやって契約するというのか」

鼻を鳴らすゼルイークに、侍女《じじょ》たちが眉《まゆ》をうごめかした。本職の魔法使いが自分たちのお気に入りにケチをつけるのは、そりゃあ気に入らないだろう。

「あーと、そうだなエルレイン。シラル殿下はどのくらい遊学をされていたのだ?」

「三年半ほどでしょうか。若すぎるという声もあったようですけれど、まあ、そこには諸般《しょはん》の事情が」

空気を読んで話題を変えたアレクセルに、エルレインはありがたく乗った。遊学にはお国の内情があったのも察したようで、彼はあえて質問を重ねなかった。

「慣れぬ外国で、さぞ苦労もされただろうな。魔法の『ま』の字にも動じぬのは、色々なご経験で肝《きも》が据《す》わられているからかも知れぬ」

「どちらかというと血筋かと思いますけど、でも、それもあるでしょうね」

「うむ。だが三年半ぶりの祖国か」

「それで思い出しましたが、エルレインさま」

不意にゼルイークが言いだした。皆の注意が向く。

「あとでお話ししようと思っていたのですが、慌《あわ》ただしくなりそうなので今のうちに。年が明けてからの話なのですが、うちの陛下がこちらに、つまりエリアルダに来てはどうかと仰《おお》せになっておりまして」

「わたしがですか？　ですけどゼルイークさま。呼んでいただいて光栄ですけれど、でもあんまり急で」

支度《したく》、ドレス、足りない、仮縫《かりぬ》い、と言葉が駆け足で脳裏《のうり》をよぎって慌て、訊《き》き返す声が引きつってしまった。ゼルイークが苦笑する。

「急を承知で仰せですので、格式張ったものではありませんよ。そうですね、ちょっとした顔合わせを兼ねて遊びに、といった雰囲気《ふんいき》でしょうか」

「って気軽に仰《おっしゃ》いますけれど、そんな、水晶城《すいしょうじょう》へ行くんじゃないんですから」

水晶城の別名を持つ王城は、同じ山の山頂に建ち、馬で一駆けすれば着く。

「あちらの感覚では似たようなものでしょう。もっと近いですかね、魔法を使うと考えているので」

エリアルダは、大陸を分断する険しいラティダ山脈を越えた西にある。ラティダを越えればエリアルダの国境はすぐなのだが、そこまでだって一月《ひとつき》はかかると言われている。まともに旅をすれば、異大陸も同然の国にエルレインは嫁《ゆ》くのだ。それを魔法大国の人々は、さほどの距離とは思っていないらしい。

エルレインは初めて、エリアルダとのずれのようなものを感じた。発音や言葉の選び方が違うとはいえ、会話の成り立つ同じ語圏に属し、文化もあちらが進んでいるとはいえ、目を剝《む》くほど風変わりではない。どこかで安心していたせいか、余計に意識する。

「そう硬くならないで下さい。あちらでは、皆さまお待ちかねなんですから」

「さらに追い打ちをかけるようなことを仰《おっしゃ》らないで」

期待されていると思うと、応えられないのではないかと考えてしまい怖いのだ。誰も喜んでいないと言われるよりもいいが――いいに決まっているが――、自信が持てない。

「あなたが、わたしと渡り合えるあたりを気に入ったようですよ」

そんなことを言われると、自慢の毒舌《どくぜつ》を放りだして穴に入りたくなる。というよりも、なぜあちらの方々がそれを知っているのだろう。

「ゼルイークさま、どんな報告をなさったんです」

「ありのままを」

さらっと言われて血の気《け》が引いた。どうしよう、鬼嫁《おによめ》が来ると思われているかもしれない！

「ゼルイークさま！」

「大丈夫ですよ。どうして急に弱気なんです。あなたはわたしがご教育申し上げたんですから、どこに出しても恥ずかしくない姫君ですよ」

一度言い切ってこちらの気をゆるませ、インケン教育係兼魔法使いは、さりげなく付け足した。

「の予定です。何とか夏までには形にしたいと」

「――」

本気で青くなったエルレインに、ゼルイークは言い募《つの》るのを止めた。

「冗談ですよ。どうもこの件には余裕がなさそうなのでここまでにしましょう」

「ええ、そうして。是非《ぜひ》そうして」

胸の潰れそうな思いでエルレインは答えた。しかしそれにしても、やっぱり男性には、お嫁に行くことがいかに心細いものかがわかっていない！

「もっと気を楽に持ってください、エルレインさま。約束します、わたしがあなたをお護《まも》りする」

「おいコラ、ゼル。それは誰の台詞《せりふ》だ？」

アレクセルが目を据《す》わらせた。たしかに、婚約者が言うにふさわしい甘さがある。

「ふんとに、おまえは油断も隙《すき》もない」とアレクセルがぶつくさ言った。それから改めて、エルレインに笑顔を振りまく。

「エルレイン、健《すこ》やかなるときも病《や》めるときも、このわたしがあなたをお護りするからな！」

張り上げた声に、オルフェリアの表情が翳《かげ》ったように、エルレインには見えた。目を凝《こ》らすとそれはもう消えていて、口の端を引き上げるような静かな笑みが返る。

胸に軋《きし》みを覚え、エルレインは目を伏せながらアレクセルに訊いた。

「斜めのときもですか？」

以前に、アレクセルが取り乱して口走った言葉だ。記憶にあるのかないのか、アレクセルはまるで疑問に思わず、にこにこうなずいた。

「むろん、斜めのときもだよ」

どんなときだろう、斜めって……。

すい、とゼルイークが視線を横に流す。読みとれる感情はなく、そのせいかエルレインの印象に残った。呆《あき》れた？　怒った？

だが、気の回しすぎだったようだ。ゼルイークは面白がるような笑みを浮かべてエルレインに言った。

「へそ曲がりのあなたの気が楽になることを少々。陛下をはじめとする王家の方々がお会いするのを心待ちにしているのはたしかですが、それは理由の半分です」

「一言多いひねくれ者に、へそ曲がりなんて言われたくありませんが教えてください」

「よろしいですとも、つむじ曲がり姫。もう半分はね、王太子妃殿下《ひでんか》の強いご要望です。芋蔓《いもづる》式の策と申しましょうか。あなたを呼び寄せれば、ついてくるイモがありますから」

「護衛や侍女か？」

「あなたですってば、殿下……」

ヌケサクなアレクセルに、オルフェリアが答えた。わたしか？　と怪訝《けげん》そうな顔に、ゼルイークが恨みがましく続ける。

「この数ヶ月、わたしはそれは素晴らしい突き上げを妃殿下《ひでんか》よりちょうだいしておりましてね。というのも『しんぼうたまらん！』と書き置きを残して家を出られたどこぞの若君が、それきり顔も見せないせいでして」

どうやらエリアルダでは、魔法でちょいと帰ってみせるのが普通のようだ。エルレインはそこにも驚いたが、ずっとしらばくれていたらしいアレクセルにも驚いた。

「アレクセルさま。一度もお戻りじゃないんですか」

行き先は知れており、ゼルイークというお目付役《めつけやく》もいるわけだが、案じない母親はいない。

「いやその。戻ればこもごも面倒がな。耳も引っぱられる」

エルレインが王太子妃でも引っぱるだろう。アレクセルは婚約者の用意が調うのを待ちきれず、教育係兼魔法使い到着の数日後に、単身転がりこんできて今に至る。

「わたしが先に引っぱっておいてよい、とお赦《ゆる》しをいただいております」

「うっ。ゼルおまえ、やらないよな？　どうせわたしは、帰れば母にやり直されるのだぞ」

「どうしましょうかねえ」

ゼルイークは意地悪く語尾を引き伸ばした。媚《こ》びを売る眼差《まなざ》しのアレクセルに、もったいぶって命令を出す。

「では、こうしましょう。あなたは特命カエル係と協力して、シラル殿下をおもてなしする。わたしがエルレインさまを心ゆくまで教育できるようにです」

心ゆくまで教育――。かなり危険に聞こえる言葉だったが、しょっちゅうアレクセルが邪魔をし、時々事件が持ち上がるせいで講義はつねにおくれ気味である。

「よいとも」

お安いご用だ、とアレクセルが引き受けた。カエル係のジーニーは仲良しだし、カエルと遊ぶのも悪くないと思ったようだ。

「殿下が当分緑色でいるつもりなら、わたしのカエルハウスも提供しよう。ふむ。秘蔵のコレクションをお目にかけてもいいな。実はあのハウスには――」

滔々《とうとう》と説明しかけてはっと口をつぐんだ。焦って舌を噛《か》むアレクセルを見ないフリしつつ、エルレインは頭痛を覚えた。あのハウスに何を隠しているというのだ……。

追及を恐れたアレクセルは、逃げるようにサロンを出た。両眉《りようまゆ》を上げ気味にしたオルフェリアが見送りつつ言う。

「殿下のいないときに、こっそり家捜《やさが》しした方がいいんじゃない？」

「いいえ。秘密はそのままにしておきましょう」

ほぼ確実に、お嫁にゆく気の失せるものが出てくるのだ。賭《か》けてもいい。

サロンの会話がそこで途絶えた。ゼルイークが何か言うだろうと思い間をあけたエルレインは、黙ったままの彼を見遣《みや》る。

「ゼルイークさま？」

「ええ、はい。聞いてますよ」

ゼルイークは物思いに耽《ふけ》っていたかのように目線を上げた。その表情はなぜかけだるげに見えたが——、彼は何事もなかったように言った。

「さあ、今のうちに講義を続けましょうか」


カエルハウスを貸す、とアレクセルは太っ腹なところを見せたが、シラルは夕方にはヒトに戻っていた。だが、家に帰るのはもっと後にしたいと言いだし、未だ離宮《りきゅう》にいる。

「いかがですか、シラルさま。足りないものはありません？」

用意させた客間に通ったシラルを、訪ねたエルレインは訊《き》いた。お供はオルフェリアだ。奥の寝室では、まだ侍女《じじょ》たちが働いている。シラルは当分居座ることに決めたようで、あれから隣国の自室に身の回りのものを取りに帰っていた。

まるで当たり前に魔法の環《わ》を使いこなすシラルの心臓には、毛が生えているのではないかとエルレインは思う。彼女など、ゼルイークがついていても、魔法の環をくぐる度《たび》ひやりとしているのに。

「ありがとう、姫。大丈夫、問題ないよ。ここは陽当たりがよく気持ちがいいね。懐かしい夕日もこんなに綺麗《きれい》に見える」

太陽は、激しく赤く燃えながら山の向こうに消えようとしていた。炎の色に染められたサヴィラ湖が、次第に闇に溶けつつある。

この光景に、王都に住む者は特別な思いを抱いている。けれど、シラルの育ったラバーヴィルはずっと南に位置している。

疑問に思って訊《たず》ねると、シラルは苦笑した。

「生まれて初めて登城した際に見た風景なんだ。それが目に焼きついて……、不思議な話なんだけれど、異国で思い出すのは、いつもこれだった」

暮れなずむ王都。空をつく槍のように尖《とが》った木々の影と、空を映した薔薇《ばら》色の湖。

「きっと、わたしもそうでしょうね」

嫁《とつ》いだ後、故国は夕映えの記憶として残るだろう。

「アレクセル殿下は、いい人のようだね」

窓辺で景色を眺め下ろしていたシラルが、エルレインを振り返って微笑《ほほえ》んだ。

「従弟《いとこ》として、ちょっとほっとした。僕たちの階級の結婚は、必ずしもしあわせを呼ぶとは限らないから」

婚姻《こんいん》は政略。王族として生まれた以上、避けては通れない。シラル自身、有力貴族が名乗りを上げ、すでに幾人もの花嫁候補がいるのはエルレインも聞いていた。

「ありがとうございます。そう言っていただけると心強いです」

嫁ぐ日が刻一刻と迫り不安に押しつぶされそうな今だから、余計にだ。が、エルレインは続いた従弟の言葉にがっくりした。

「噂《うわさ》ほど馬鹿じゃなくてよかった」

「そういう評判なんですか、アレクセルさまって」

「『腰の据《す》わらない命知らず』？」

噂のもとはわかった。度重《たびかさ》なる家出と、ダキニアのドラゴン討伐《とうばつ》の件だ。

「山賊《さんぞく》に捕まって、身代金《みのしろきん》騒ぎになったこともあるらしいね」

「――それは初耳です」

あとで問い詰めなければとエルレインは思った。しかし、そんなことばかりしているから、家族にも何かある度《たび》に「悪いのはオマエ」と決めつけられているのだろう。

「もっとも、大事には至らなかったようだよ。魔法使いたちが動いて、すぐに片が付いたという話だから」

エルレインはうなずいた。世界から魔法と不思議が薄れゆこうとしている現在も、エリアルダでは魔法が生きている。〈国守《くにも》り〉という特別な位の魔法使いがいて、魔女たちの働く塔《とう》がある。魔法使いたちが将となる魔法軍も未だ健在で、ドラゴンを馬のように操る〈騎竜隊〉も存在する。軍として戦場に赴《おもむ》いたのは二百年以上前が最後だというが、他国では魔法軍や〈騎竜隊〉自体が、すでに絶えてしまったあとだ。

オーデットでも、かつては国の存亡に関わったとされる〈国守り〉は、エルレインの母レリで最後となった。母方には魔法使いを名乗る縁者もいるが、彼らに〈国守り〉となるだけの力はない。

「異国《そと》ではね、その馬鹿王子が——いや、失礼——、最強の魔法使いを送り込んだらしいっていう話で持ちきりだったんだ。それがあのゼルイーク閣下《かっか》、だよね？」

「ええ。呪い解決係兼業、お妃《きさき》教育係です」

「彼に毎日いじめられているって？」

シラルは訊いて、自分から声を上げて笑った。気安く話したのは、侍女の誰かだろう。ちくしょう。

「ごめん笑って。あなたに、言葉でぎゅうと言わせられる人がいるなんて想像したこともなかったからさ。けれど、彼はすごい。これが魔法かと、今日は思い知らされたよ」

「わたしも、あの方に会ってから何度もそう思いました」

魔物を薙《な》ぎ払い、ドラゴンを煉獄《れんごく》に堕《お》とした。魔王の使いを務めた、いにしえの魔法使いより作られた〈影〉も吹き飛ばした。

様々な光景がエルレインの中をよぎった。ゼルイークの名は「偉大なる環の魔法」の意を持つ。それにふさわしい力を、彼は有している。

「オーデットには、そんな魔法使いがいた例しはないんだけれどね」

「そんなことありません。第三代〈国守り〉のシエザは、今もオーデットを護っているんですから」

　エルレインは否定した。死してなお、聖シエザの力はオーデットの地にある。魔法使いであるゼルイークが、気配を感じ取って教えてくれたのだ。

「ああ、そうか」

　シラルは感謝の印を指で切った。それはとてもありがたいことだ、とうなずく。

「それにシラルさま。魔法がなくても国が平和であるなら、その方がいいんです。魔法は、綺麗なものではないですから。とても重くて、使い道を誤ればかならず災《わざわ》いとなりますし」

　魔法に興味を持ったようなシラルに、エルレインは言った。物事は環となって巡り続ける。それが魔法の考え方なのだと説明する。よい魔法は、世界にしあわせをふりまく環として繰り返し働き、悪《あ》しき魔法は、永遠にわざわいをまき散らすものとなるのだ、と。

「うん、わかるよ。ハバルでも、似たような意味の話を〈国守り〉の魔法使いに聞かされた」

　ハバルは隣国の名だ。いまだ〈国守り〉を置く、かつてのオーデットの庇護国《ひごこく》でもある。

「ただ、なぜだろうかと考えるんだ。世界から魔法が消えてゆこうとしている理由や、その速度がどうしてまちまちなのか、とかをね」

　その理由の幾つかをエルレインは知っている。一つには、人が人を傷つける道具として、魔法を使ったせいだ。戦争。呪い。それらは今も悪い環となって巡り、世界にツケを払わせようとしているという。

「もう百年もしたら魔法などおとぎ話だろうと、ゼルイークさまは仰《おっしゃ》っていました」

「何だか、そう考えると寂しいね。せめても、失われる前の時代に生まれられてよかったと思うべきなのかな」

シラルは再び、窓の外へ目を移した。

「僕は、魔法には可能性があり、人々をしあわせにする力となるように感じるのに」

「そうですね。本来、そのためのものだと聞いてます」

「で？　あなたはしあわせになれたかな、姫」

シラルはエルレインを「姫」と呼ぶことにしたようだった。これは侍女たちが口にする「姫さま」と同じで、敬称よりも愛称に近い。

「ええ、とても。言葉では言えないくらい感謝してます。ですけど、ゼルイークさまには言わないで下さいね」

正直な気持ちを明かして、急いでシラルに口止めする。シラルは含み笑いで了解した。

「力関係が変わるよね？　僕は、あなた方の言い争いを楽しみにしているんだ」

「シラルさま。もしやそれで離宮《ここ》に滞在を？」

にらむ真似《まね》をすると、シラルは人の悪い顔をして認めた。

「期待してないと言ったら、嘘になるかな」

「まあ」

エルレインの呆《あき》れ顔にシラルは噴き出した。壁に背をもたせかけてエルレインに向き直る。

「伯父上《おじうえ》に感謝しないと。あなたがオーデットに嫁《ゆ》く前に、こんなふうに話すことが出来た」

「わたしも。父の気まぐれも、たまには役に立つと思いました」

一生、語り合うこともなく終わったかも知れない従弟だ。すんなり打ち解け合えたのが素直に嬉しい。

「姫。僕の父を許してくれないか」

シラルの言葉に、エルレインはとんでもないと首を振った。

「許すなんてそんな。わたしは叔父《おじ》さまを尊敬してます。叔父さまのなさったことは、すべてオーデットを思うゆえですもの」

「そう言ってもらえると、胸のつかえが取れるよ。僕ともども嫌われているんじゃないかと考えていたから」

「いいえ。叔父さまとは、わかり合えないけれど、わかり合えましたから。意味、伝わりますか？」

うまい言葉を見つけられずに訊くと、シラルはうなずいてくれた。

「大丈夫。あなたが、父を憎んだまま国を離れることがなくなってよかった」

「しあわせになれ、と叔父さまは仰ってくださいました」

わたしは祝わない。そう言ったも同然の言葉だったが、それでも奥底には、別の気持ちが潜んでいたように思えてならない。

「僕も祈っているよ、姫」

シラルが背伸びをし、エルレインの額の近くの空気に口づけた。親族の挨拶《あいさつ》だ。

「どうかしあわせに。末永く、お馬鹿さんのふりをしている王孫子殿下と」

「ありがとう」と答え、オルフェリアと部屋を辞したものの、エルレインの気持ちは晴れなかった。

シラルの言葉は心からのものだ。彼の言葉を疑ったわけではなく、原因はエルレイン自身にある。

ため息をつき、廊下《ろうか》で立ち止まってしまった。いけない、と歩き出す。ここは客室の置かれている翼棟《よくとう》だ。ぼんやりしていたら、アレクセルと鉢合《はちあ》わせするかも知れない。彼も離宮《りきゅう》のこちら側で暮らしている。

会いたくなかった。この三人では。エルレインはまた、二人のやりとりに耳を澄ませてしまう。そして胸を疼《うず》かせ、口にするつもりのないきつい言葉を言ってしまって悔《く》やむのだ。

エルレインは考えごとに気を取られ、自分で自分の靴《くつ》に蹴躓《けつまず》いた。転びそうになるのを、オルフェリアが肘《ひじ》を引き戻して支える。

「レーン。ちゃんと前を見て歩いて」

「ごめんなさい」

つぶやくように言ったが、顔が上げられなかった。目を合わせれば、動揺《どうよう》を見抜かれてしまう。悟られたくなかった。

「あのさあ、レーン」

再び歩き出すと、背中に声がかかった。遠慮《えんりょ》がちな声に、エルレインは緊張する。

「最近、何かさ、悩んでない？」

「悩んでるわよ。もう少しドレスの似合う体型になるといいのに、とか」

冗談でごまかしてみた。それでオルフェリアが笑って、話題が変わってくれればいいと思って。

「そうじゃなくてさ。もっと真面目《まじめ》な話。気づいてる？　ずっとため息ばっかりだって」

自分は隠すのが下手《へた》なようだ。エルレインは内心、唇を噛《か》みたい気持ちだった。じゃあきっと、アレクセルもゼルイークも、ぎくしゃくぶりに見て見ぬフリをしているのだろう。

「ねえ。他で言えないことでも、わたしには話していいんだよ？」

並んだオルフェリアが、横から顔を覗《のぞ》く。精一杯、視線をそむけないよう気を付けながらエルレインは笑顔を作ろうとした。

「ありがとう」

いつもなら、そうした。ずっとそうしてきた。オルフェリアは子ども時代からの一番の友人で、彼女の代わりは誰にも出来ない。

けれど、これは言えない。言ってはいけないだろうと思うのだ。もしオルフェリアがアレクセルに好意を持っているのなら、——持ち始めてしまったのなら。

エルレインには話せない。無邪気《むじゃき》に、気づかないふうには装えない。かと言って訊《き》けもしない。だってどう訊けばいいのだろう。リオ、わたしの婚約者を好きだったりする？　とでも？

「ありがとう。でも、今はまだうまく言えないみたい」

「そう？　もしよかったら、素振《すぶ》りにつきあうけど」

誘われてげんなりした。歩くより先に馬に乗り始め、刺繍《ししゅう》の稽古《けいこ》そっちのけで木剣を振り回して育ったのは、エルレインではなくオルフェリアだ。

「リオ。わたしが気晴らしにするのは編み物だから」

腕前は、そこいらのプロを凌《しの》ぐほどだ。ちょっとしたテーブルクロスなどはけっこう人気でよく売れ、収益は救護院《きゅうごいん》の運営に充《あ》てられている。

「だって、編み物はわたしつきあえないしさぁ」

知っている。癇癪《かんしゃく》を起こすと編み針を折ろうとする悪癖《あくへき》もある。

「大丈夫よ。気持ちだけで充分。色々、考えることが多いなって思っているだけだから」

「そっか。わかった」

無理に訊き出そうとはせず、オルフェリアはそこで退いた。気遣われるともどかしくて、エルレインは彼女の手を握る。

手を繋《つな》いだまま、廊下《ろうか》を歩いた。目を瞠《みは》ったオルフェリアが訊く。

「えっ、何なに？」

「何でもないけど」

意味もなく、子どものようにぶんぶんと手を振り回した。オルフェリアを傷つけたくない。争いたくもない。失いたくない。けれど、そううまく行かないかも知れず。

どうしたらいいかわからない……。


その夜遅く、エルレインはゼルイークの部屋を訪ねた。

「今、よろしいですかゼルイークさま」

かすかなノックに応えて顔を出したゼルイークは、昼間の服装のままだった。寝間着《ねまき》に化粧《けしょうき》着を重ねたエルレインを見て片眉を上げる。

「婚約者のある身で夜這《よば》いとは。感心しませんね」

「そんなんじゃありません」

いつもの調子でからかわれただけなのに、ぐさりと来てむきになって返した。跳ね上がった鋭い声が廊下に響き、エルレインは口を押さえる。

「あなたの部屋に行きましょうか。どうせその様子じゃ、人払いされているでしょう？」

見抜かれている。今夜は不寝番《ふしんばん》はいらないと、当番は下がらせていた。もともと離宮では、エルレインの気まぐれや一人歩きにはうるさく言わないことになっていて、誰も不思議に思わない。

エルレインの後から部屋に入ったゼルイークは、居間の椅子《いす》に腰を下ろした。指を鳴らして、灯りの数を倍に増やす。

「寛《くつろ》ぐっていう言葉をご存じないんですか、ゼルイークさま」

夜更けだというのに、彼は上着まで着こんでいる。シャツだって、側には誰もいないのだから緩《ゆる》めればいいだろうに。

「もしかして、お戻りになったばかりですか。それとも、これから出かけられるとか」

「どちらも違いますよ。ただのものぐさです」

「着替えるのが面倒？　まさか、そのままお寝《やす》みになるんじゃないでしょうね」

思わず咎《とが》めると、ゼルイークが「さあね」というような顔をする。冗談とも、本気ともつかない。

「それで？　こんな夜更けに、そんな思い詰めた顔でわたしに何か？」

足を組んだゼルイークに訊かれ、エルレインはためらった。切り出す勇気が持てずに、どうでもいいことを話し始める。

「もう、隣じゃなくてもよろしいんじゃありませんか」

「は？　ああ、部屋のことですか」

ゼルイークは、自分の居室をエルレインの私室の隣に定めた。がらくたが押しこまれていたそこは、そもそも客用ではなく、その昔、離宮がオーデットの王城だった頃には使用人の部屋だった小さなものだ。なのにあえて選んだのは、呪いを解くのに必要だったからだという。常に側にいて、「見る」。そこから始めなければならないという話だった。

「だって、もう呪いは解けてますよね？」

「ええ。ですが、今さら移る意味がどこに？　どうせ、あと半年じゃありませんか」

「そうですけど。いい加減鬱陶《うっとう》しいです」

心にもないことを言ってしまい、口をつぐむ。ゼルイークは面白がるという、予想外の反応を示した。

「おや、新手のイヤガラセを考えつきましたか。エルレインさまも人が悪い。わたしに、あの大量の本を汗をかきつつ運べと？」

「汗なんてかかないじゃありませんか。どうせ魔法をお使いになるんですから」

「ま、そうですがね」

シャーシャーと言いやがった。そんな場合じゃなかったが、反撃をおみまいしたくなる。

「何にせよ、移動はごめん蒙《こうむ》ります。暗くてうらさびしいあたりが気に入っているんです」

「根が暗いから、でしょ」

「そんな話もしましたっけ」

彼の部屋をどこにするかでもめた時だ。ゼルイークは当時を振り返るように笑った。

「たいして意味もない台詞《せりふ》を、よく覚えてらっしゃる」

「それが取《と》り柄《え》ですから」

皮肉屋の必須《ひっす》条件でもある。相手の言葉を記憶しておけなければ、ここぞと言う瞬間に持ち出して攻撃することも出来ない。

「で、本題に入りましょうか。どんな頼みごとです？」

言い当てられて苦笑が出た。膝《ひざ》をきつく閉じて座ったエルレインは、腿《もも》の上に置いた手の、爪を熱心に調べる表情を作った。

「カエルの呪いのことです。――解いていただこうかと思って」

一息に言葉を押しだし、頬《ほお》がかっと熱くなった。魔法の鳥籠《とりかご》を出る。その意味を二人とも知っている。

爪を調べるふりをやめ、エルレインは両手を握った。芝居《しばい》なんて無理だ。

「このままじゃ、いけないと思うんです。本当はもう自由なんですから、やっぱり、向き合わないといけません。よね」

台詞《せりふ》の終わりで自信がなくなり、同意を求めた。ゼルイークはそれには答えず、質問する。

「ここしばらく考えておいでだったのは、それですか」

「そういうわけじゃないんですけど。いえ、そうね、そうかも知れません」

他にも理由はある。あるのだけれど、もとを正せばちっともアレクセルに応えられない自分への苛立《いらだ》ちに行きつく。

あの馬上槍試合の直前、エルレインはアレクセルに言われた。もっと自分を見て欲しいと。ゼルイークと仲良くするのはかまわないが、嫉妬《しっと》も感じている、と。

当然だ、と思う。エルレインはアレクセルの婚約者なのだ。しかも彼が熱望して、この婚約は取り交わされた。ゼルイークは、その手伝いのために送り込まれたに過ぎない。エルレインだってそこは承知している。やっと「仲良く」するのは、自分を凌《しの》ぐほどの皮肉屋だからだ。お互い、毒を吐き合う競技をしているだけである。

かといって、アレクセルとは同じように「仲良く」は出来ない。違う方法も知らない。エルレインを褒《ほ》めちぎり、惜しげもなく好きだと言い笑顔を向ける彼に、そっくりそのままを返すなら、恥ずかしさで死ぬだろう。そして気持ちは、——婚約者に追いついていない。アレクセルに惹《ひ》かれている、と思う。彼がやがて夫となるのだと思うと、温かい想いに満たされる。だが、その気持ちを態度として示すならば、手を繋《つな》ぎたいかな、というところだ。白状すれば、その先を考えると身が竦《すく》む。

けれど、そうやってためらっているから、何もかもがもつれた糸のように絡まり合ってしまう。エルレインとしてはこの状況が苦しくてたまらなかった。ならばいっそ、アレクセルの胸に飛び込んでしまえば――。

そんなふうに考えての、今夜の相談だった。

ゼルイークは肘かけで頬杖《ほおづえ》をついていた。指を開き、手で口を半《なか》ば覆《おお》うようにして、人さし指で頬を叩いている。

「来年の夏には、いやでも呪いは解けますがね」

というより、解かないわけにはいかなかった。エリアルダには、花嫁が祭壇《さいだん》にどう進んだかで将来を占う伝統がある。よろめいただけでも凶とされ、大騒ぎになるのだ。祭壇で夫がカエルになろうものなら、パニックが起こるに違いない。

「それは承知しています」

「なのに今、と仰《おっしゃ》るわけだ」

「いけませんか」

「いけませんよ」

切り口上《こうじょう》で返したエルレインに対し、ゼルイークは穏やかだった。どこか呆《あき》れを含んだ眼《まな》差《ざ》しになる。

「しばらくは〈半分鳥籠の王女〉でいるよう申し上げたはずですよ」

気持ちが追いつくまで、カエルの呪いを残しておけばいい。それでいいじゃないかとゼルイークは言うのだ。〈半分鳥籠〉は、それを象徴した言葉だった。完全な自由ではないけれど、さりとて不自由でもない、そんな状態の。

「ですけど、その約束はもう二月《ふたつき》前のものです」

「せっかちな方だ。『まだ二月』というんですよ、こういうのは」

「ゼルイークさま」

「却下《きやっか》」

あっさり言われて、エルレインは二の句が継げなくなった。却下ですって？

「あなたのカエルの呪いは、当分このままですよエルレインさま。まだ解く時期じゃない」

「それ、あなたがお決めになることなんですかゼルイークさま」

「当然です」

言い切られてしまった。唖然《あぜん》としたエルレインを前に、ゼルイークは頬杖《ほおづえ》を腕組みに変える。

「わたしは、あなたの何だと？」

「教育係兼魔法使い、ですけれど」

「そうですとも。あなたに初めてお会いした日、わたしは何と言いましたっけ？　この先、いかなる場合も――？」

ゼルイークは言葉を切り、続きを言うようエルレインを促した。

「『わたしが師』です」

元はゼルイークの台詞《せりふ》だったので、「わたし」はゼルイークを指している。

要するにあの日、「オレサマに従え」と彼は言ったわけだ。それを今蒸し返すこと、これすなわち、「今回も嫌とは言わせないぞ」だろう。

「あなたって、あなたって本当に横暴！」

「は。知り合って七ヶ月も経つのに、何をいまさら」

憤慨《ふんがい》したエルレインは鼻で笑われた。にらんだが、堪《こた》えるようなゼルイークではない。

「でも、も、だっても、だけどもナシです。わたしが却下と決めたんですから、あなたは黙って従うんですよ。時期が来たら出してあげます。それまでおとなしくしていなさい」

押さえつけるような言い方をして、ゼルイークは立ち上がった。腹を立てたエルレインに近づき、子どもを相手にするように、そっと頭を叩く。

「焦りなさんな」

手を髪に滑らせ、一房に指を絡めてすくいあげる。目を上げるエルレインに、お見通しだという眼差しをして、手をヒラヒラさせて出てゆく。

扉は音もなく閉まった。ゼルイークは自室に戻ったようだ。気配を感じた。

彼の声がエルレインのなかでこだました。『焦りなさんな』。

そう、エルレインは焦っている。自覚している。けれどこの状況で、勇気の持てない自分と、振り向いてほしいと言う婚約者と、態度の変わりつつある友人との間で、そうならないわけがあるだろうか。

「あなたとのことだってあるのに」とエルレインはつぶやいた。エルレインとゼルイークは約束を交わしている。生まれ変わっても、必ず巡り合い続ける約束を。

それは恋愛とは別のものだったが、二人の距離を縮めた。事実、あれ以来、エルレインはゼルイークを意識している。

百年後も、千年後も、自分はこの人と共にあるのだ、と。

それが細切《こまぎ》れに生き続けねばならないゼルイークの「光」、支えとなるからだ。呪いの力である日突然眠りに就《つ》き、時に運ばれてゆく彼は、知る者のいなくなった世界で、エルレインを目指すのだ。先の時代のエルレインは、今の彼女ではないけれど。

魂《たましい》は同じだから、彼女に還《かえ》る。

そしてゼルイークは、生ある限りエルレインを護《まも》る。「月」として、つまり魔法使いとして――。

約束を交わしたことを、エルレインは後悔していない。するつもりもない。だが、ずっと気になって仕方がなかった。特に彼が、エルレインのしあわせを喜ぶたびに。

いいのだろうかと後ろめたくなる。この人を置いていっていいのだろうかと。

いい、とは言われている。ゼルイークの望みは、アレクセルから彼女を奪うことではなく、遥《はる》かに長いその生《せい》を照らし続ける「光」を得ることだ。

エルレインだって理解している。けれど気持ちを揺らさずにはいられない。

だから、急ぎたかった。進む道が固まれば、迷いもなくなるだろうから。

いたたまれなくなって、エルレインはため息を逃がす。我ながら、理屈に合わない話ばかりを次々と考えつくものだ。

椅子《いす》を離れて、ゼルイークがつけていった灯りを一つずつ消した。寝室の扉に手をかけ、室内を振り向く。テーブルに残された常夜灯が、闇を照らしている。頼りない炎の揺らめき。

それは何かを象徴しているようで、エルレインは自嘲《じちょう》して寝室に消えた。

第2章　教育係兼魔法使い、長き眠りに就く。

シラルのひそやかな離宮《りきゅう》暮らしは四日目を迎えた。人柄のせいかエルレインと似た容姿だからか、侍女《じじょ》たちと馴染《なじ》むのも早かった。

「あれはあの方の才能ですね」

澄んだ空と暖かな陽射しの気持ちいい午後、書き取りの監督《かんとく》をしながらゼルイークが言った。監督されているのはジーニーとエルレインだ。ジーニーはオーデットで使われている現代西域文字、エルレインはエリアルダが頑《かたく》なに使い続ける、コテコテに装飾の効いた旧西域文字である。

ジーニーはエルレインの昔使った手本をなぞっていたが、エルレインは小説を旧字で書き写させられていた。興味を持つなら、と数百年前の恋文も教材にする彼が今回選んだのは、あの本だった。エルレインが諳《そら》んじた、数年前のベストセラーだ。それを旧字に変換するのである。

「シラルさまですか？　すっかり溶け込んでらっしゃるから？」

訊《たず》ねたエルレインは眉間《みけん》に皺《しわ》を寄せている。現代文字とは形のまったく違うものが幾つかあり、それにぶつかる度《たび》にどんな文字だったかを考えねばならないのだ。

「そうです。敵を作らないというのは、何にも勝る武器ですよ」

「オーデットのような小国にとって？」

「それ以前に、個人として」

「あなたの口から聞くと、なかなか興味深いですわねゼルイークさま」

エルレインは顔を上げ、にやっとした。羨《うらや》ましいと聞こえたのだ。彼は月のように冴えた美貌《びぼう》の持ち主だが、取っつきにくいところもある。誰からも好かれる、とはいかないだろう。

ゼルイークも負けてはいなかった。澄まして続ける。

「感心してるんですよ、エルレインさま。あなたとほぼ同じ顔だと思うと」

……エルレインも人好きされるとは言いがたい。毒舌《どくぜつ》の柵《さく》を張り巡らせているせいだ。

ぎゃふんとしつつ、エルレインは言った。

「結局わたしたち、似たもの同士で足を踏みつけ合っているということ？」

「そうなりますかね。ま、こういう人生もありますよ。あちらとは別にね」

あちら、というのはシラルとアレクセルを指すようだった。あちらもやはり似たもの同士なのか、気が合うらしい。諸国の情報を交換しあったり、馬で遠乗りに出たりしている。もう少し早い時期ならば、狩りにも行っただろう。二人とも、決して嫌いではないらしい。

「遠乗りに出て、叔父《おじ》さまの耳に入らないのも不思議ですけれど」

王都とはいえ、こぢんまりとした城下は人々の顔ぶれがあまり変わらない。見慣れぬ者がアレクセルといれば、すぐに噂《うわさ》が立ちそうなものなのに。

「親衛隊員のフリをしているようですよ。隊員の方々も合わせているようで」

「それ、女装しているという意味ですか」

王女親衛隊員は、女子のみで構成されている。甲冑《かっちゅう》もお仕着せも白が基調で、馬車を護衛した姿などはひときわ華《はな》やかだ。

「ドレスを着るわけではなく、装備を借りているだけでしょう。広義としては、それも女装に入るかも知れませんが」

「シラルさまは、ご自分をよくご存知なのね」

例えばアレクセルやゼルイークでは、白い鎧《よろい》をつけたところで女子隊員には紛《まぎ》れこめない。騎士団副将のゴーリーやイスヴァートなども論外だ。ガタイがよすぎる。

「何にせよ、己《おのれ》を知って受け入れるのは美徳です」

「含むような言い方ですこと。もしかして、わたしのドレス選びについて何か？」

ドレスとは花嫁衣装《いしょう》のことだ。先日、はてしない討議《とうぎ》の果てにようやく決まったそれは、古風でありながら斬新《ざんしん》でもあり、エルレインは気に入っている。

「とんでもない。よくお似合いになると思いますよ。あれはあなたでなければ着こなせません。天与《てんよ》のものが豊かだと、ドレスからはみ出しますからね」

とある部分が貧弱だと、さらっと言ってくれる。

「ドレスについて文句があるのは、デザイナーだけですよ」

ジーニーの注意を惹《ひ》かないよう、ゼルイークは声を落とした。衣装を担当するのは、魔女であるゼルイークの「姉」だ。本来なら頼みたくない相手だったが、エリアルダ王の指名がものを言い断れないのだ。二月《ふたつき》前、オーデットで騒ぎを起こしたあともそれは変わらず、相談ごとや寸法あわせの必要が出来る度《たび》に、使いが送られてくる。

せめても、本人が来ないのが救いだった。エルレインは二度と、彼女と顔を合わせたくない。

「ヴィエンカさまはお元気ですか」

それでもゼルイークの「姉」であるので、エルレインは訊《き》いた。素《そ》っ気《け》なくゼルイークがうなずく。

「そのようですよ」

いっそ死んでいてくれてもいいような口ぶりだった。彼らの間にも、エルレインと叔父のような隔《へだ》たりがあるのだ。ただし彼らには、エルレインたちのような気持ちの折り合いはついていない。

「ゼルイークさま」

真剣に文字を綴《つづ》っていたジーニーが、書き取りの成果を差し出した。褒《ほ》めてもらえると期待して、背筋を伸ばして待つ。真面目《まじめ》に、ゼルイークは書き取りを読んだ。エルレインには出会ってこのかた向けたことのないような笑顔になる。

「すばらしい。もう一頁《ページ》頑張ってみましょうか」

「はいっ」

「わたしは罵《ののし》りまくるくせにね」と思ってエルレインはペンを握り直す。おくびにすら出さなかったつもりだが、ゼルイークは見透かすように言った。

「世の中には、褒めて伸びる子と貶《けな》して伸びる子がいるんですよエルレインさま」

「わたしだって褒めて伸びる子だと思いますけど」

「つくづくご自分を存じ上げない」

ゼルイークは呆《あき》れた顔で、シラルの件を蒸し返すような台詞《せりふ》を口にする。

「あなたのような皮肉屋はね、褒めたって勘繰《かんぐ》るだけです。裏がある、うわべだけだ。とか何とか。損な性分《しょうぶん》だ」

「だまらっしゃいゼルイークさま。あなただって同類です」

「同類で上等。それが何か？」

「――いいえ別に」

むくれるしかなかった。エルレインの敗《ま》けだ。

内心で悪態をつきながらエルレインは書き取りを再開した。隣ではジーニーが、小声で読み上げつつ、一文字一文字綴《つづ》っている。

「面白い本でしたよ」

しばらくして、監督に飽きたのかゼルイークが言い出した。あれだけこき下ろしておきながら、ベストセラーを読んだらしい。

「物語の筋はともかく、含蓄《がんちく》はありました」

「作者が聞いたら泣きますわね」と答えたエルレインは、どこに興味を持ったのかと訊ねる。

「秘密に対する姿勢です。真珠《しんじゅ》となるまで守ってこその秘密。まさにそうだ」

「同感ですわね。そういう観点からは、お父さまの催《もよお》される茶話会は邪道《じゃどう》だと思います」

「ええ、まあ。ですがエルレインさまはどうせ、聞かれて困るような話はしないでしょう？」

「その言葉、あなたにそっくりお返ししますわ、ゼルイークさま」

フフンと彼は笑った。

「みなさまをドン退きさせない気遣いです」

「あらそう」

あしらったエルレインはふと思い出した。

「そういえばゼルイークさま。アレクセルさまったら、山賊《さんぞく》に誘拐《ゆうかい》されたことがおありとか」

「ああ」

嫌な記憶が甦《よみがえ》ったというように、ゼルイークが渋面《シブツラ》をする。

「いつものごとく、へらっへらと家出をして揉《も》め事に巻きこまれましてね。人助けのつもりが、気づいたら自分がひん剝《む》かれて捕まっていたというわけです。で、持ち物から身分がばれましてね」

身代金《みのしろきん》を要求されたのだろう。

「あの山賊には、かわいそうなことをしました」

「そんな気がしてましたけれど、やっぱりあなたが片づけたのね」

「ぜひに、と皆さまに請《こ》われたものですから」

エリアルダ王、王太子夫妻、アレクセルの姉王女、その他親戚《しんせき》一同に、だろう。

「まだ目覚めて間もない頃でして。少々苛《いら》ついておりましたので、感情のはけ口に」

「詳しく仰《おっしゃ》らなくてけっこうですから」

エルレインは制した。聞いて楽しい内容ではなさそうだ。

「今だったら、身代金に殿下もおつけして丁重にお持ち帰りいただきましたものを」

「そうでしょうね。じつはアレクセルさま、それでも困らなかったりして」

「あの方は、いつの間にか一味を率《ひき》いて義賊になっていたりするタイプです。だからこそ、絶対連れ戻せという命《めい》が下ったわけですが」

そういう意味で、当時のエリアルダ宮は恐慌状態に陥《おちい》ったようだ。何ともアレクセルらしい。

「そんなところも、アレクセルさまの魅力かも知れませんけれど」

「まあね」

二人の間で、珍しくアレクセルに褒《ほ》め言葉が出た。それを出番の合図にするように、サロンに王孫子が入ってくる。

「エルレイン。ちょっといいだろうか」

「よくねえよ」とは、もはや誰も言わなくなっていた。あれは本気で訊いているというより、会話の礼儀《れいぎ》としてだ。それにどうせ、駄目《だめ》といったところで待つ人ではない。

「お茶の時間にしましょうか」

ゼルイークも無駄な努力はとっくに放棄《ほうき》している。さっさと切り換え、侍女に合図をした。心得た侍女たちが支度《したく》にかかる。

「じつはだな、エルレイン。今からシラル殿下が、面白いものをお目にかけてくれるそうなのだ」

「まあ」

期待しないくせのついているエルレインは一言だけ返した。こんな時感心するのだが、父もアレクセルも絶対に、がっかりした様子を見せることはない。

「わくわくするだろう？　わたしもちょっと期待している」

殿下はちょっと以上に期待しているように見えた。それにしても、だからか、とエルレインは納得する。

「それでなのね、シラルさまが先程、侍女を貸してほしいと仰ったのって」

手すきの者を何人かと言われ、希望に添うようにと指図したのだが、このためだったとは。

「見せてくださるのは、殿下の秘密だそうだ」

アレクセルの言葉に、王女と教育係は視線を交わした。「見せられるようなものは秘密ではない」という、共通の見解ゆえにだ。

「どうせなら、茶話会までとっておけばよろしいのに」

「まったくですね」

「なぜ、あなた方はそう辛口《からくち》なのだ？　いいではないか、見せてくださるというのだから。というか、わたしが頼んだのだがな」

「殿下。国の品位に関わるから、だだをこねるなとあれほど――」

アレクセルは、魔法使いから目をそらした。あと一言でも言おうものなら、耳を塞《ふさ》いで「ララ～」とやり始めそうな顔だ。

ゼルイークは鼻に皺《しわ》を寄せ、それから八つ当たりでエルレインに言った。

「こんなところも魅力ですよね？」

エルレインも聞こえないフリをした。お黙り、という代わりだ。

そうこうするうちに、お茶の支度《したく》が調った。今日はジーニーもその仲間に加えられる。お茶うけは木の実の飴《あめ》がけをぎっしりつめこんだパイだ。このパイの季節が終わり、砂糖漬けの果実やジャムを使うようになる頃、オーデットは雪深い真冬を迎える。

テーブルにお茶が行き渡った頃、侍女たちが数人、先触れよろしく戻ってきた。シラルの手伝いにいっていた者たちのはずだが、目が輝いている。

「何が始まるわけ、レーン」

テラスからはオルフェリアが入ってきた。今日は武具の手入れをしていたのだが、アレクセルに呼ばれたのだという。

エルレインは肩をすくめてみせた。椅子《いす》の背後に立ったオルフェリアが手を伸ばし、エルレインの皿からパイの一部をかすめ取る。

「リオ」

「ごめん、お腹《なか》がすいちゃってさ」

悪びれもなく言うが、とんでもないマナーだ。家族が知ったら、父のローレシュ将軍などはコメカミの血管を切るかも知れない。

「姫さま、シラルさまですわ」

大きく開け放たれたサロンの扉から廊下《ろうか》を見遣《みや》り、侍女が言った。聞こえてきたなじみのある衣擦《きぬず》れの音に、エルレインは眉《まゆ》をひそめた。さやさや？

怪訝《けげん》に思いつつ、お茶を口に運ぶ。現れたシラルに、あやうくカップをひっくり返しかけた。

オルフェリアの口から、パイの欠片《かけら》が落ちる。

「――シラルさま⁉」

エルレインは殆《ほとん》ど逆上して叫んだ。半《なか》ば無意識に立ち上がって呆然《ぼうぜん》とする。

侍女《じじょ》に導かれて入ってきたシラルは――ドレスを身にまとっていた。


明るい緑の絹が波打っている。アクセントに、蜘蛛《くも》の巣のような黒いレースが裾《すそ》や袖口《そでぐち》を飾っていた。腕のリボンや飾り帯は濃い緑で、全体をひきしめている。

サロン中に、黄色い悲鳴があふれた。離宮《りきゅう》に誰が現れたときよりも凄《すさ》まじい騒ぎだ。

エルレインも内心声を上げていた。あえて言うなら「きゃー！」ではなく「ぎゃー！」と。

ななな、何てこと！

シラルが本気で女装している。親衛隊員の鎧《よろい》は、色が白というところで男女の区別がなされているだけだが、これはドレスだ。

誰のドレス⁉　とエルレインは思った。自分の持ち物でないのは明らかだ。同じくらい明らかに、上物だ。耳飾りにしろ首飾りにしろ、それなりの財力がなければ揃《そろ》えられないだろう。

まさか自前？　と思って泣きたくなった。おそらく、いやきっと自前だろう。なぜならシラルは、髪の長さまで女装していたからだ。ヅラ着用。地毛と同じ色を使い、幅広の髪飾りで留めてなじませてある。

「アレクセルさま。念のためお訊《き》きしたいのですけれど、あの衣装って、歌劇団のものだったりしないですよね」

藁《わら》にもすがる思いで訊いた。エリアルダの歌劇の舞台には、伝統的に男性のみが立つ。娘役も男性が務めるため、シラルに合うドレスもすぐに調達出来るだろう。

だが、はかない望みはご満悦の従弟《いとこ》によって打ち砕《くだ》かれた。扇《おうぎ》を手に歩み寄る姿がサマになっている。これが初めてでは、そうはいかない。

「驚いたでしょう？」

「シラルさま……。お声が作り声じゃないことに、本当にほっとしてます」

エルレインは心から言った。声音《こわね》が女性だったら泣き伏していただろう。

「お望みなら出来るよ？」

「なさらないで！」

血の気《け》が引く思いで止めた。何より恐ろしいのは、その似姿ぶりだ。これはもう、完全に姉妹で通る。

「髪の色を揃えれば、影武者が務まりますよ」

ごく近くでよく知る者が見ない限り、ゼルイークの言うようにシラルはエルレインになりすますことが出来るだろう。

「僕があなたに会ってびっくりしたのは、だからなんだ」

「同じ顔をすでに鏡で見てご存知だったたと。つまり、女装癖《へき》がおありなんですね」

「いや、これはただの余興《よきょう》」

「余興でヅラまで誂《あつら》えます？」

「時と場合によっては。ええとさ、誤解のないように言っておくけれど、これは去年の舞踏会《ぶとうかい》で使ったんだよ。ハバルで、男女入れ替わりの服を着るという催《もよお》しがあって」

一種の仮装舞踏会だ。身分とは違う服をまとって楽しむという形式のものならば、エルレインも聞いたことがある。

「それでそんな贅沢《ぜいたく》を」

「一応、国を背負う立場だったからね。心配しなくても、国費じゃないよ」

私財だとしても、飾り立てたドレス姿を褒《ほ》めそやされたら、それはオーデットの栄誉となるのだろうか。疑問だ。

何をどう言っていいかわからず、エルレインは腰が抜けたように座りこんだ。オルフェリアはパイを詰まらせたのか、しきりに咳《せ》き込んでいる。

きゃあきゃあと取りまいているのは侍女たちだ。古参の、母と言ってもいいような者まで、王女に生き写しのシラルに興味を惹《ひ》かれている。

アレクセルが、見えない糸を手繰《たぐ》られたかのように引き寄せられた。熱に浮かされたような顔で、まじまじとシラルを見つめる。

「殿下。片眉《かたまゆ》だけ上げて見てはくれぬか」

震え声の注文をシラルは受けた。嫌になるほどエルレインに似ている。

「つぎはこう、ちと冷たくだな。『ウザいです、アレクセルさま』と」

アレクセルは頭が煮えたようなことを言いだした。シラルは呆《あき》れた眼差《まなざ》しをエルレインに向けてみせたが、要望に応えて声も作る。

「ウザいです、アレクセルさま」

「おおお！　まさにエルレインだ！」

アレクセルが感極まった。まあね、とエルレインは哀しく思った。婚約者は以前、「ブタ野郎」呼ばわりを所望《しょもう》したこともある……。

「エルレイン、エルレイン！」

はしゃいだアレクセルが手招きした。渋々近づくと、右側に立つよう指示された。左側にいるのはシラルだ。

アレクセルは手ぶりでもう一度、と促した。どうやら、二人同時に言ってほしいらしい。

「シラルさま『この虫けらめ』でどうかしら」

エルレインの提案にシラルは乗った。せえの、で声を揃《そろ》える。

「『この虫けらめ』」

「────!!」

王孫子殿下はバンザイし、その場で回った。喜びに顔を輝かせて罵声《ばせい》を反芻《はんすう》しているようだ。

エルレインとシラルは腰に手を当てた。はからずも対称的な動きで、タイミングもぴったりである。

「ゼル、そこをどけ」

三日月《みかづき》のような弧を描く長椅子《ながいす》の端から、アレクセルはゼルイークを追い立てた。代わりにシラルを座らせ、反対の端をエルレインに示す。エルレインはゼルイークとすれ違いざまに、やけくそな気持ちで訊いてみる。

「これも美徳ですかしら?」

「謝罪しましょう」

沈鬱《ちんうつ》な表情でゼルイークは即答した。悪夢だ、と目が語っている。

アレクセルはお構いなしで、長椅子の真ん中に陣取った。エルレインとシラルを交互に見つめて舞い上がっている。

「おお、何と素晴らしいのだ。右を向いてもエルレイン。左を向いてもエルレイン」

ほう、と侍女たちからため息が上がる。あなたたち、脳が沸いてるんじゃない? とエルレ

インは言いたかった。これにうっとりするのは、絶対におかしい。

シラルは目で天井を仰《あお》いでいる。そう、こっちが正しい反応だろう。

「エルレ――ではなかった、シラル殿下、近《ちこ》う」

もそっと寄れ、とアレクセルが傍《かたわ》らのクッションを叩く。裾《すそ》を捌《さば》いて距離を詰めたシラルに、パイの皿を渡した。受け取ったシラルに、満面の笑みを向ける。

シラルは察しがよかった。一口切り分けて口元に運んでやる。

「殿下、あーん」

馬鹿！　パイを嚙《か》みしめつつ悶《もだ》えるアレクセルに、エルレインは肘《ひじ》掛《か》けを摑《つか》んで身体《からだ》を震わせた。もう一人のエルレインも同然のシラルに、何て恥ずかしいことをさせるのだ！

「だれぞ、もう一枚皿を」

侍女に命じたアレクセルは、エルレインに可愛《かわい》らしく上目遣いをしてみせる。エルレインにも同じことを期待しているようだ。

「いい度胸ですわねアレクセルさま」

エルレインは頰《ほお》をひくつかせたが、アレクセルはおねだりポーズで押し切るつもりのようだ。ますます頼りなげな顔をしやがった。

フォークで刺したろか、とエルレインは思った。手元が狂ったふりをするのも悪くない。

「馬鹿馬鹿しい」

吐き捨てたのはオルフェリアだった。冬の夜、窓を開け放ったかのように、サロンの空気がいっぺんで変わる。

「レーン行こう。こんなのに付き合う必要なんてないから」

皆が呆気《あっけ》にとられる中、エルレインは手首を摑まれた。せき立てられながら長椅子を振り返る。

「だけどリオ」

「いいから」

「オ、オルフェリアどの」

アレクセルが腰を浮かせかけた。顔を強《こわ》ばらせたオルフェリアは封じるように言い放つ。

「わからないんですか。レーンもシラル殿下も、あなたのおもちゃじゃありません」

エルレインはテラスから、有無を言わさず連れ出された。早足のオルフェリアに引きずられかけ、ドレスの裾をまとめて持つ。友人の顔を斜め後ろから窺《うかが》った。怒りで顔が白い。

「リオ。ねえ、リオ。ちょっと待って、転びそうなのよ」

絹の室内履きはつっかけタイプなのだ。硬い木底が敷石のつるんとしたでっぱりを踏むたびに、足元があやしくぐらつく。

オルフェリアは幾分歩調を落としたが、止まろうとはしなかった。石畳《いしだたみ》の中庭を横切り、厩舎《きゅうしゃ》へと続く下り坂まで進むとふいに訊《たず》ねた。

「どうして怒らないの？」

訊《き》くと同時に立ち止まった。エルレインは横に並び、横から顔を覗《のぞ》き込む。

「怒るってアレクセルさま、よね？」

「他にいる？」

答えたオルフェリアは視線をそらしていた。エルレインに捉えさせようとしない。

「見たでしょ、今の。シラル殿下にあんなことまでさせて」

「たしかに、開いた口が塞《ふさ》がらないわよね」

「その程度の問題？　殿下は、レーンをもう一人作ったんだよ。違う？」

「違わないけど」

エルレインは口ごもった。わからないのは、オルフェリアの怒りの理由の方だ。

「でも、いつものアレクセルさまだと思うわよ。やりそうよね、というか」

シラルの女装には驚いたが、アレクセルの反応は想定内だ。基本的に、カエルになって飛びつくのと何ら変わらない。

だがオルフェリアはそうは思わなかったようだ。兵舎の壁を見つめたままつぶやく。

「あれって、馬鹿にしてる」

「──わたしを？」

「だってそうでしょ？　レーンはちゃんといるのに、まるでいないみたいに」

「そうかしら」

むしろ、存在を無視されたのはシラルではないだろうか。エルレイン、と呼びかけられたりしていたし。

「ええっと、リオ。もしかして、わたしが傷ついたと思っている？」

エルレインは訊いてみた。だから怒っているのだとすれば、納得がいく。

「違うわけ？」

ややしてオルフェリアが訊ね返した。戸惑ったような声に、エルレインは意外に思う。

「どちらかというと、死ぬほど呆《あき》れてる。かしらね」

「どうして怒らないの？」

話が初めに戻った。

「どうしてって……。じゃあ、リオはどうして？」

オルフェリアが黙りこんだ。問われて初めて、それに気づいたかのように。

厩舎《きゅうしゃ》から馬の立てる音や鳴き声が聞こえてくる。習慣なのか、オルフェリアは耳を澄ました。馬たちを気にするそぶりを見せながら口を開く。

「レーンが、何だか蔑《ないがし》ろにされたような気がして。レーンは好きで呪われてるんじゃないのに。なのに、殿下はシラル殿下を身代わりにするみたいに」

今度はエルレインが黙る番だった。ああ、そんな見方もあるのだと思い、胸が疼《うず》いた。アレクセルの言葉を思い出したのだ。彼はエルレインの手を取れる日を待っている――。

「何でだろうね」

オルフェリアの言葉でエルレインは目を上げた。オルフェリアは首を傾《かし》げ、眉根《まゆね》を寄せている。

「レーンは全然気にしてないのに、わたし、何でそう思ったんだろう。ごめん、レーン。わたし勝手に怒って、レーンを連れ出しちゃったりして」

「いいのよ。――それにありがとう」

気を遣ってくれたのだから、と思った。思ってすぐ、苦い気持ちがこみ上げる。『気を遣ってくれただけ、と思いたいのよね』と、自分に言う自分の声を聞いたような気がして。

「ごめんレーン」

表情の変化に、オルフェリアが重ねて詫《わ》びた。エルレインは、口をつぐんだまま首を振る。ぎこちない沈黙が流れた。自分のせいだと、エルレインは意識してますます身を固くする。最近こんなことばかりだ。考えすぎて、一人でカラ回りしている。

「こちらにおいででしたか」

すぐ側の地面に魔法の環《わ》が現れ、ゼルイークが姿を見せた。ほんの数十メートルを魔法で移動する。それが偉大なる魔法使いサマのやり方だ。

ゼルイークは環の中から歩みだし、二人の前に立った。

「殿下がえらく打ちひしがれておいでなので、戻っていただけませんか」

「すみません、わたし――」

「あなたのせいではありませんよ、オルフェリアどの。それどころか、殿下にはよい薬です」

オルフェリアに叱《しか》られ、目が醒《さ》めたようだとゼルイークは言った。殿下に反省が認められたため、彼が迎えに来たらしい。

「不快にさせたお詫《わ》びをお二人に、と仰っておいでです」

「いえ、わたしは。あの、遠慮《えんりょ》します。逆に、お楽しみの邪魔をしてしまって申し訳なくて」

早口にまくし立てたオルフェリアが、一礼して踵《きびす》を返す。逃げるように厩舎《きゅうしゃ》へ向かった。

そのまま馬を出して、遠乗りに行くつもりかも知れない。

「リオは、わたしが傷ついたのではと思ったんですって」

残されたエルレインは、ゼルイークとサロンに引き返しながら説明した。承知していたらしくゼルイークはうなずき、至極《しごく》もっともらしい顔でつけ加えた。

「オルフェリアどのらしい思い遣《や》りですね。あなたには必要ないでしょうに」

「ちょっと？　あなた、またさらっと暴言を吐いたわね」

「いいえ別に。というか、あなたは呆れたわけだ。ですよね？　お顔に『馬鹿』と大書きしてありましたし」

「相変わらず、よくご覧になってますことね」

エルレインは半《なか》ば感心した。もしエルレインがショックを受けていたら、アレクセルは今頃、ゼイルークによって人里離れた山奥か何かで反省させられていただろう。彼は、自分は好き放題エルレインをこき下ろすくせして、他人にはそれをさせず、また、髪ひとすじでも傷つけるのを許さないところがある。

たとえ友人のアレクセルでも、容赦《ようしゃ》はナシのはずだ。エルレインが焦りを打ち明けた後だからこそ、余計に。

「わたし、動揺《どうよう》するべきだったと思います？」

エルレインは訊いた。我ながら妙な質問だと思ったが、ゼルイークもだったようだ。苦笑が返る。

「シラル殿下で身代わりデートをするなんて、ですか？」

「あれ、デートに値します？」

「殿下的にはね。まあ、殿下があなたの嫉妬心《しっとしん》を煽《あお》ったのでしたら泣きながら退場されてもよかったでしょうが、あれはそんなものじゃありません」

「ええ。よく似た子がもう一人いて、舞い上がっただけですわよね」

「あれと血の繋《つな》がりがあるかと思うと大変情けないですが、そうです。たまたま、シラル殿下が見えるまで、あなたに似た方がおいでにならなかっただけのことで、あなたに弟君でもいらっしゃれば」

「拝み倒して女装させて侍《はべ》らせた、と」

「ご名答。さすがです」

台詞《せりふ》を引き取ったエルレインに、ゼルイークは軽く頭を下げてみせる。嬉しくない、という彼女の表情に、そうでしょうともと目で答えた。褒《ほ》めたというより、嫌がらせのココロだったようだ。

「あなたって本当にイケズ」

「まあね。それが唯一の楽しみですから」

「心底、根が暗いのね」

「恐れ入ります」

いつもの軽口の叩き合いをする。このやり取りには、本音と嘘、というよりもひねくれた好意に近いものが半々に詰まっている。信じているからこその言葉の応酬《おうしゅう》だ、といってもいいだろう。相手が間違いなく真意を汲《く》んでくれなければ、貶《けな》し合いに過ぎなくなる。

「ゼルイークさま。疲れてらっしゃいます？」

小さく笑みを漏《も》らしたエルレインは、ふと訊いた。傾きつつある太陽の、光線の加減だろうか。顔色が悪く見えた。

「あなただって疲れていると思いますよ」

「それはそうですけれど」

「そして、今からもっと疲れますよ。殿下がおおっぴらに詫《わ》びたり嘆《なげ》いたりしますから」

「――」

エルレインはげっそりと横を向いた。出来れば、それは省略と願いたい。

「ゼルイークさま」

どうにかしてくれと訴える眼差《まなざ》しにゼルイークが意地の悪い顔をする。

「では、取り引きと行きましょうか？」

「たかがこの程度のお願いで？」

「冗談ですよ」

エルレインに顔色を変えさせておいて、ゼルイークは笑った。先に立ってサロンに入り、その場で棒立ちになる。

らしくもないゼルイークに、エルレインはぶつかりそうになった。背の陰から様子を窺《うかが》うと、フォークを持ったアレクセルが、弛《ゆる》みきった笑顔で、シラルの口元にパイを運んでいる。

逆パターンの「あーん」だ。ちっとも懲《こ》りてやしない。

「ゼルイークさま。殿下は反省なさってたんじゃありませんでしたっけ」

エルレインは冷ややかに訊《き》いてやった。アレクセルにはうんざりだが、ゼルイークにイヤミが言えたのでよしとしよう。

「オルフェリアどのが来なくてよかった」

ゼルイークがぼそっと漏《も》らした。それは一理ある。きまじめなオルフェリアに、いやこれはほんの冗談、などというのは通用しない。

「えっえっえっ、えるれいん」

声をうわずらせるアレクセルに、エルレインは静かに扉を指さした。

「アレクセルさま、退場。続きをなさりたければ、シラルさまもどうぞご一緒に」

「ああ、もう充分。さすがにちょっと飽きてきたかな」

シラルはそう言うなりどっかと座り直した。はしたない大股《おおまた》開きは男っぽく、アレクセルの夢も一気に萎《しぼ》んだようだ。フォークの行き場をなくし、困って自らパイを頬張《ほおば》る。

エルレインたちは、アレクセルたちと席を代わった。彼らは無視して、講義に戻るという姿勢だ。

ふう、とゼルイークがため息をつく。エルレインだってつきたい。

彼は足を組み、肘掛《ひじか》けに肘を預けた。これで頬杖をつき、膝に書物を乗せればいつものポーズである。

「ちょっと失礼」

ゼルイークが言った。侍女《じじょ》にパイのお皿を取り上げられたアレクセルは、徐々に廊下《ろうか》へと追い立てられている。

エルレインは澄まして自分の書き取り帳を引き寄せた。ジーニーは仕事が出来てしまったようで、退座していた。サロンの隅の席では、アレクセルにつき合ってくたびれたらしいシラルが、侍女にお茶を淹《い》れてもらっている。

「で、ではな。エルレイン。またな」

三行ほど書き進んだ頃、所在なさげなアレクセルが言った。扉際でもたもたしていたのだが、粘《ねば》りきれなくなったようだ。

「ごきげんようアレクセルさま、また後ほど」

判で押したように答えたエルレインは、つい耳を澄ました。馬の様子を気にかけるオルフェリアのようなものだ。こういう時、ゼルイークは必ず、友人でもあるじでもある殿下をキツい一言で追いうちする。

ところが、彼は何も言わなかった。身じろぎすらしない。

珍しいこともあるものだ。今回は無視するつもりなのだろうか。ちょっと見てみよう、そんな軽い気持ちだったエルレインは、顔を上げて目を疑った。

ゼルイークは椅子《いす》の背に深くもたれ、目を閉じていた。足を組んだまま、頬杖はつかず、頭を椅子に預けて。

「——ゼルイークさま？」

呼んだが、返事はなかった。彼の気を惹《ひ》こうと、ペンの柄でテーブルを叩いてみたが、瞼《まぶた》すらぴくりとも動かない。

様子がおかしい。

「ゼルイークさま」

エルレインは座面に片手をついて支え、もう片手を伸ばしてゼルイークの膝に触れた。揺さぶる。ゼルイークは目を開けない。「なんです？」とうるさそうにもしない。

「ゼルイークさま」

膝を揺さぶるのを繰り返したあと、エルレインは手に取りすがった。反応しない。手を握りしめても、握り返すでも払いのけるでもない。

どこか変だ。エルレインはその顔を見つめる。長い睫毛《まつげ》。血の気《け》のない頬。息をしていない。

「アレクセルさま！」

金切《かなき》り声《ごえ》にアレクセルが飛んできた。ゼルイークの口元に手をかざしたエルレインは、その手を固く握りしめる。

「ゼルイークさまが、息をしてません」

「どいて」

エルレインは下がった。ドレスの裾《すそ》が靴《くつ》の踵《かかと》に引っかかる。アレクセルがゼルイークの手首をとり、脈をみた。シャツの襟元《えりもと》に指をねじ込むようにして首にも触れる。

「お、お医者さまを」

事態を察した侍女が声をうわずらせた。今にも走り出そうとするのを、アレクセルが止める。

「行かなくてよい」

手遅れだと言われたように侍女は呆然《ぼうぜん》とした。エルレインの判断を仰《あお》ごうとするが、エルレインは気づかない。

エルレインは長椅子の肘掛けに膝裏を押しつけるような位置で棒立ちになっていた。身体中《からだじゅう》の血が足元に下がったように思った。背筋が寒く、耳がキンと痛い。

「亡くなられたのですか」

自分が訊《たず》ねた声が、頼りなく実感なく響いた。だってそうでしょう？　目の前で起きていることすら信じられない。

アレクセルが力無く首を振る。エルレインは苛立《いらだ》った。その仕草はどちらにも取れる。

「言葉で言って下さい。アレクセルさま、ゼルイークさまは」

「死んだのではない」

「嘘です」

返った言葉をエルレインは否定した。だって彼は息をしていない。

「でしたら、なぜゼルイークさまは動かないの？　呼吸《いき》はどこ？」

「エルレイン」

苦い声にエルレインは直感して震えた。アレクセルは頬をこわばらせている。彼は知っているのだ。これが何かをわかっている。

「エルレイン、ゼルは時が来たのだ」

エルレインは背を、氷の鞭《むち》で打たれたように感じた。時が来た。

嘘、と繰り返しそうになって言葉を呑《の》みこんだ。こんな時に、アレクセルは嘘など言わない。ただ、エルレインが認めたくない。

これは魔王の呪《のろ》いなのだと。

ゼルイークを時の彼方《かなた》へ運び去る眠りが、いま再び彼を捉えたのだ、と。

第3章　魔王、現る——!!

「冗談だと言って下さいゼルイークさま。息を止めてらっしゃるのよね。『なんちゃって』などと言って起きあがるのでしょう？」

エルレインは無理に朗《ほが》らかに振る舞おうとした。頭ではきちんとわかっているのに、わざと訊《き》いていた。

ゼルイークは答えない。あの減らず口がだ。そう思うと、泣き出しそうになる。ああ言えばこう言うはどこへ行ったの？

「エルレイン」

なだめるような声になるアレクセルが赤く濁《にご》った目を向けた。ずるい、とエルレインは反射的に思う。ずるいですアレクセルさま。そんな顔をしないで。

泣き顔で肯定しないで——！

「姫？　殿下？」

シラルが声をかける。取りまくように集まってきた侍女《じじょ》たちも不安そうだ。彼らは、ゼルイークにかけられた呪いのことを知らないのだ。だから二人の動揺《どうよう》に戸惑っている。

「決まっていたことなのだ」

言葉を喉《のど》に詰まらせ、咳払《せきばら》いしたアレクセルが話し始めた。

「ゼルはもともと、こういうさだめを負っている。長く起きていられぬ身で、時々、こんなふうに眠りに就《つ》かねばならない」

「それは彼が、名高い魔法使いだから？」

訊ねたのはシラルだ。気遣わしげだが、さすが落ち着いている。

「いいや。そういう契約の元に置かれた身だからだ」

遠回しな表現だったが、シラルは察したようだった。アレクセルに目まぜする。

エルレインはろくに見ていなかった。ゼルイークの頰《ほお》は徐々に白さを増しているように思えた。安らかな顔。眠るように逝《ゆ》く。そんな言葉をエルレインに連想させる

「ああ」

理解して、エルレインは声をもらした。

「これは死なのね。時を止めた眠りなのですもの。死んでいないってアレクセルさまは仰《おっしゃ》るけれど、死と同じ――」

つぶやいた途端、目が眩《くら》んだ。膝から力が抜けてしゃがみかける。

「姫！」

「いけない殿下！」

シラルの声とアレクセルの声が重なり、駆け寄った誰かが肘《ひじ》を支えようとした。ぐい、と肘を引き上げられる感覚は、だが一瞬で消えた。覚えのあるぺちゃっという音がする。

エルレインはその音を、何よりも恐ろしいものとして聞いた。床に片膝をつきながら、意志の力で片目をこじ開ける。

視界に飛び込む緑色のものに、息を止めた。心を痛みが刺し貫《つらぬ》く。

ああ、何てことだろう。こんな時に。

「誰かエルレインを！　それからオルフェリアどのを呼んでくれ！」

指図しているのはアレクセルだ。つまり、カエルになったのはシラルだ。

「シラルさま――」

エルレインは呻《うめ》くように言った。それしか出来なかった。ずっと、エルレインはこれに怯《おび》えて暮らしてきた。自分にうっかり触れた男性がカエルになってしまうことに。

久しく忘れていた戦慄《せんりつ》だった。ゼルイークがその恐怖を消した。彼がいれば、カエルは好きなときに人に戻れたからだ。男性とは距離を置く。それもいつしかしなくなっていた。

これは気を弛《ゆる》めた報いだ。ゼルイークの存在に安心しきって、頼り切って。

彼がこんな日を迎える可能性もあると知っていたのに。

「ジーニーを呼んでちょうだい。お皿にシラルさまを」

侍女に抱え起こされながらエルレインは言った。しっかりしなければ、と懸命《けんめい》に自分に言い聞かせる。

「お皿には魔法がかかっているはずよ。だからそこにいれば、シラルさまも大丈夫」

誰にともなく言って、顔を歪《ゆが》めそうになる。何が大丈夫なのだろうか。たしかに、シラルがカエルの早さで時を進む心配はなくなる。だが、ゼルイークが目覚めなければ。

シラルはカエルのまま、人の長さの寿命《じゅみょう》を生きることになる。

震えて歯が鳴りはじめ、あごに力を入れた。されるがままに椅子《いす》に座らされ、侍女たちに手を握られる。

シラルが皿にのせられた。仕掛けられていた魔法の檻《おり》が起《た》ち上がる。エルレインはその様子を、遠くの出来事のように見つめていた。

「レーン！」

テラスからオルフェリアが駆けこんでくる。庇《かば》われて、抱き締められて、エルレインはようやく喘《あえ》いだ。熱い息をもらす。泣くまいとした。そんな場合じゃない！

「大丈夫よ、大丈夫。みんな、仕事に戻ってちょうだい」

そう言われても、動く者はいなかった。散って、とエルレインは叫びそうになる。同情した顔、心細そうな様子。どれも見たくない！

「すまぬ、用のない者はさがってくれぬか」

アレクセルに促され、渋々彼らは散った。アレクセルは注意深く距離を置いたまま、エルレインの目線に合わせて身をかがめる。

「エルレイン。大丈夫だ。わたしがついている。つらいだろうが気をしっかり持ってくれ」

「持ってます」

声が出た。答えられた。こんな時でも泣き崩れない自分を、エルレインは誇らしく思い、忌々《いまいま》しくも思う。「大丈夫です」と嗚咽《おえつ》を呑《の》みこんだ。一筋伝った涙は無視する。

「ですけど、こんなふうだとは思ってませんでした。こんな……『ちょっと失礼』だなんて。そう言って、それきりだなんて」

「夜、床《とこ》につき、そのままということもあったらしい」

アレクセルが答えた。ぐっと気持ちを呑みこんだため、泣き笑いのような表情だ。

「だがゼルも、これほど早いとは思っていなかったはずだ。わたしも、そう思っていた」

「ご存知でいらしたんですか」

覚悟していたという口ぶりに、エルレインは目を瞠《みは》った。アレクセルは曖昧《あいまい》なかぶりの振り方をする。

「何となくという程度だ。いつだったか、ゼルがそんなことをにおわせたからね。あなたには言うなといわれた。気にするだろうからと」

「気にします！」

エルレインは叫んだ。わめいたと言った方が近いかも知れない。

「気にします、当たり前です！　お別れが近いと知っていたら」

「だからゼルは知られたくなかったのだ、エルレイン」

アレクセルが遮《さえぎ》った。辛抱《しんぼう》強い口調になる。

「気遣いより、ああいうやり取りがほしかったからだよ」

毒舌《どくぜつ》合戦。時には、二人の間でしか通じない言葉のかわし合い。

「ですけど」

突然、エルレインは怒りを覚えた。ゼルイークを睨《にら》みつける。

「こんなのってないわ。あんまり急すぎます」

「うん。ゼルもそう思っているだろう。仕事をやり残すなんて、とね」

エルレインの、カエルの呪い。あれを解かずに行く予定はなかったと言うのだ。

「だったら、どうして」

「わたしにもわからない。単に読み誤ったのかも知れない」

肝心《かんじん》なことは言わない人だった。何もかもを裡《うち》に秘めた。

ふつっと、言葉が途切れた。どちらからともなく、エルレインとアレクセルは目を合わせた。考えが、同じことに行きついたのだ。二人の婚約は、エルレインの呪いが完全に解けた上で正式に調う。もしゼルイークがこのまま目覚めなければ。

二人はどうなるのだろう。

「とりあえず、ゼルイークさまをお部屋に移しましょう。寝台の支度《したく》をしてちょうだい。リオ、大変なようなら男の人を頼んでくれる？」

エルレインは答えの出ない問いを脇に押しやった。

「ああ、何とかわたしたちでやれると思うよ。すまないけれど、部下に来るよう言ってもらえるかな」

エルレインの側を離れるつもりのないオルフェリアは、手近な侍女に頼んだ。その侍女は親衛隊員を呼びに行ったが、寝室係に指示を出す立場の者が動かない。

「どうしたの」

苛立《いらだ》ちを見せたエルレインに、侍女は申し訳なさそうな顔をした。

「少々問題がございます姫さま。お移しする場所がないんです」

「ゼルイークさまには部屋があるでしょう。わたしの隣の――」

「ですから。そこに寝台がございません」

エルレインは唖然《あぜん》とした。突然はっとし、考えるより先に身体《からだ》が動いて、自室のある翼棟《よくとう》に走った。ゼルイークの選んだ小さな部屋に転がりこんで絶句する。本に埋めつくされた部屋には、机が一つ。安楽椅子が一つ。

居間や寝室があるわけではなく、ここ一間だけだ。彼は七ヶ月の間、この部屋で寝起きしていた。はずだ。

「わたし。気づかなかった。一度、入れていただいたことがあるのに」

オルフェリアに支えられ、独《ひと》りつぶやく声に、どうしようもなく後悔が滲《にじ》んだ。あの時、どうしてわからなかったのだろう。なぜ、典型的な魔法使い部屋という感想しか持たなかったのだろう。

「それはゼルが隠していたからだ」

追ってきたアレクセルが言った。遠慮《えんりょ》がちに、彼についてきた侍女《じじょ》が続ける。

「夜、寝るときだけ寝台を出すのだと仰《おっしゃ》っていました。魔法使いだから、宙に浮かべるのだ、と」

嘘だとエルレインは確信した。それはただの、そういうフリだ。

ようやくわかった。ゼルイークの、心の奥底が見えた。

「あの方は、眠るのが怖かったのね――」

枕に頭をつけてしまえば、「明日」は百年後となるかも知れない。

「それに、予感はあったのよ。だって、あの方は真夜中でもきちんとした恰好《かっこう》をなさって」

寛《くつろ》ぐという言葉を知らないのかとエルレインは訊《き》いた。だが、時期が近いと察していたならうなずける。

やりきれない気持ちでエルレインはうなだれた。きっと夜毎《よごと》、彼は浅くまどろむだけだったのだ。目覚めてはほっとし、壁ごしのエルレインが立てる物音を、どんなふうに聞いていたのだろう。

「気づいて差し上げるべきでした」

エルレインは悔やんだ。本心を言えない彼だと、エルレインは知っていたのだから。彼のひねくれた言葉を汲《く》める立場にいたのだから。

「自分を責めてはいけないよエルレイン。ゼルは、隠すのがうまい。あいつは知って欲しい姿だけをわたしたちに見せるんだ」

毒舌《どくぜつ》でオレサマの魔法使い。エルレインはゼルイークを思い浮かべ、苦く笑った。エルレインには他のところも見えていた。弱さや、脆《もろ》さや。

それでいて、一歩足らなかった。ゼルイークの怖れを、わかってあげられなかった。

「これで終わりじゃないですよね」

エルレインはゼルイークの部屋を眺めながら訊いた。彼はため息をついただけで眠ってしまった。あまりにも呆気《あっけ》なさ過ぎる。

「そうともエルレイン。わたしはそう信じている。おそらくだな、ゼルは明日あたり、何事もなかったように目を覚ますぞ」

「はい」

願いを込めてうなずいた。「おや、何かありましたか」という声が聞きたい。

「目を覚ますのは、明日ではなく明後日《あさって》かもしれぬが。数日、様子を見てみよう」

「はい」

エルレインは部屋から連れ出され、アレクセルが扉を閉めた。侍女が遠慮《えんりょ》がちに訊《たず》ねる。

「姫さま、ゼルイークさまはどちらにお運びすれば」

「わたしの部屋へお願い。わたしの寝台へ」

「エルレイン」

驚くアレクセルにエルレインは言った。

「そうさせて下さいアレクセルさま。わたし、あの方をひっそりと独り、客間などに置きたくないんです。わたしの部屋でしたら、あなたもよく遊びにいらっしゃるでしょう。ですから」

「うん」

アレクセルは気持ちを理解してくれたようだった。エルレインの言う通りにするよう侍女に命じる。

「だけどレーン。そうしたらあなたはどうするのさ」

「寝椅子《ねいす》があるもの」

本来、寝室付きの侍女のためのものだが、しばらく代わってもらおう。長いことではないから。そう思いたい。

四半刻後、支度《したく》の調った寝室にゼルイークは運ばれた。昼間の衣装《いしょう》を身につけたまま、胸の上で手を組み、寝台に横たえられる。死者だ、とエルレインは思った。柩《ひつぎ》に安置されたのと、どこが違うのだろう。

　寝台の紗《しゃ》の帳《とばり》が下ろされるのをエルレインは見守った。薄い布がゼルイークを鎖《と》ざす。

「エルレイン、これを」

　アレクセルが、虹色に輝く宝石のついた首飾りを差し出した。ゼルイークのもので、エルレインは過去に、お守りとして幾度か借りたことがある。

「身につけていてくれぬか。ゼルの代わりにあなたを守るはずだから」

　首飾りはオルフェリアが受け取った。エルレインの首にかける。

　ずしりと、宝石が堪《こた》えた。

「まるで形見《かたみ》みたいですね」

　エルレインは哀しくつぶやく。泣きたくなくて笑おうとしたが、うまく行かない。

「ただのお守りだよエルレイン。ゼルはすぐに戻る。わたしたちが信じなくては。そうだろう？」

「はい」

　アレクセルの言葉が胸にしみる。そう。ゼルイークは必ず戻る。

　信じる。願う。それらは「期待」に通じる言葉で、エルレインはずっと避けてきた。期待などしなければ失望はない。初めからないものと思えば、心を揺らさずに暮らせるから。

今も、気持ちは揺れる。拠《よ》り所《どころ》のない「期待」は、絶えずささやき不安をもたらす。

もし、彼が目覚めなかったら。

もし、これがお別れだったら。

もし。もし。もし。ぐるぐると回る言葉を閉め出して、エルレインはもう一度、震える声でうなずいた。

「はい」

信じたいから。願いたいから。

これが魔法使いとの「さよなら」ではないと――。


「わたしが会いに来た理由はわかっておろうな、エルレイン」

叔父《おじ》ユークトの声は厳しかった。顔つきも、眼差《まなざ》しも厳しかった。

彼はかつて、エルレインを「王女」とよそよそしく呼んだ。今は叔父らしく「エルレイン」だ。変化は嬉しかったが、その分、叔父の怒りが突き刺さるようだった。申し訳なさでいっぱいになる。

ゼルイークが「倒れた」ことを、青穀宮《せいかくきゅう》は伏せておけなかった。一つには彼が呪《のろ》いを解く条件で、エルレインがエリアルダに嫁《とつ》ぐはずだからだ。彼がこのままとなる可能性を、オーデットとしては協議しないわけにはいかない。

もう一つはシラルだった。年の瀬に「世継ぎの王子」としてお披露目《ひろめ》されるはずだった王弟公令息を、呪われた王女がカエルにしてしまったのだ。

もちろんエルレインとしては、まず内々に父の耳にだけ入れる予定だった。漏《も》れるだろうとは思っていたし、場合によっては父が話すだろうと覚悟もしていた。どちらなのかはわからないが、王城に使いを出して半日と経たないうちに、ユークトが青殻宮に現れた。

「まずお詫《わ》びを申し上げさせてください、叔父さま。この度《たび》のシラルさまのこと、わたくしの不注意でした。言葉もありません」

「迂闊《うかつ》にもそなたに触れたのは、シラルだと聞いた」

「それもわたくしの落ち度です。距離を保ってくださるよう、お願いすらしませんでした」

その昔、まだゼルイークに出会っていない頃、離宮《りきゅう》では黄金の棒と、それを捧げ持つ専任の係がいた。男性が来客するたびに、侍女が棒で「適正距離」をはかるのだ。二メートルと定めたのは、とっさに手の届かぬ距離であり、警告が間に合うと考えたからだ。

「わたくしは恐れていたはずでした。殿方《とのがた》は、何かあれば手を差しのべてくださいますから」

特に貴族の子弟であればそう躾《しつ》けられる。身についた動作は思わず出るものだ。

「そなたには魔法使いがついた。だから高《たか》をくくったと申すか」

「はい」

「魔法とは、かように軽々しく考えていいものか、エルレイン」

「いいえ。魔法とは、重いものです。使い方一つで、国を栄えさせ、また滅ぼします。人に対して用いれば、しあわせにもし、不幸をも呼びます」

「慎重を期すべきものだと、そなたは承知でいたと申すのだな」

「はい」

「承知の上で、そなたは魔法を畏《おそ》るる気持ちを忘れたのか」

「はい」

「かつてわたしは言ったはずであるぞ。魔法はおもちゃではないと。すぐに戻れるからと、父や従弟《いとこ》に勧めたりするなと」

「はい。申し訳ございません」

「ラバーヴィル公、勧めたのはわたしだ。エルレインに非はない」

会見に同席したアレクセルが口を挟んだ。ユークトは王孫子を一瞥《いちべつ》する。

「これの母はかつて〈国守《くにも》り〉でした。その娘にあるまじき振る舞いには変わりない。あなたがたもです、王孫子殿下。エリアルダは、魔法をどのようにお考えなのか」

批判にアレクセルが口をつぐんだ。魔法大国の王孫子としては、返す言葉もないのだ。彼らにとって魔法とは、しあわせのためにある、恵みを運ぶものである。だが「これのどこがしあわせだ？」と問われれば反論できない。身近すぎて使い方を誤ったと言われれば、その通りだった。

「エルレイン、そなたの母がこれを知ればどのように思うか」

「お母さまを持ち出さないでください、叔父さま。悪いのはわたくしです」

顔も知らない母だが、嘆《なげ》くだろうと思うと身を切られるようだった。母まで責められるのは耐えられない。

「失礼いたします」

サロンにジーニーが入ってきた。捧げ持った皿にシラルを載せている。シラルに命じられてやって来たようだが、物怖《ものお》じする気配もない。大物だ、とエルレインは思った。サロンは現在、固く人払いがされている。

「シラルか」

テーブルに置かれた皿を、ユークトが苦虫《にがむし》を噛《か》みつぶした顔で見下ろした。ふいに、いっそう眉間《みけん》の皺《しわ》を深くしてエルレインに訊ねる。

「やけにかわいらしいのは、気のせいか？」

「いいえ。シラルさまの持って生まれた品格というか、ご性分《しょうぶん》というか」

「兄を見ているようで不愉快だ」

それは事態に動じもせず、澄ました態度もコミの感想のようだ。シラルは平然と父親に挨拶《あいさつ》をして見せ、ジーニーに合図して紙片を広げさせる。

「あたしが代筆いたしました」

悪びれないジーニーに、ユークトは毒気を抜かれたようだった。ちょっとばかり、「この娘はわたしの身分を知っているのだろうか」という顔をする。

が、紙片を読むなり、険しい眼差《まなざ》しを変わりはてた息子に向けた。

「ほう、よく言ったものだシラル。『これも社会勉強だ』とは」

その通りだとお辞儀《じぎ》をしてみせるシラルを、カッとしたユークトは握りつぶしそうになった。慌《あわ》ててアレクセルがその手を押さえる。

「ラバーヴィル公！」

「お離しください殿下。このようなたわけた息子、横面《よこつら》の一つ二つ張らねば気が済みません」

「今はおよしになったほうがいい。シラル殿下も、後ほどお叱《しか》りを受けましょう」

受ける、という顔をしたシラルが、次の紙片を開くようジーニーを促した。

「『姫を責めぬよう申しつける』？」

「お願いします、だと思います」

エルレインは書き間違えたジーニーを庇《かば》った。文字を習い始めたのは最近なのだ。

シラルはうなずいて、斧《おの》を振り回す仕草をした。薪割《まきわ》りのようだ。

「割る？」

突如始まったジェスチャーゲームにアレクセルが反応した。似たもの同士だからか、察するのが早い。

喜んだシラルが、次に腹を示す。「胃」とすかさずアレクセルが言った。手を叩いたシラルが今度はごろりと横になる。足を組み、雲でも眺める目つきをしたが、これは難しい。

「割る、胃、ときて、『わたしは寝るぞ』か？」

「一休み、じゃありません？」

アレクセルとエルレインはどちらも外した。今にもコメカミの血管を切りそうになったユークトが、息子を殴《なぐ》りつけまいと拳《こぶし》をテーブルに押しつける。

「これは『野』と言いたいのだ」

ユークトは言い、続けて口元を示すシラルを怒鳴《どな》りつけた。

「すなわち『悪いのはわたしだ』、だなシラル！　ええい忌々《いまいま》しい！」

「ふむ。口を指したのは『歯』であるか」

感心するアレクセルにエルレインは必死で目配せした。話題を変えないと、叔父の命が危ない。間違いなく卒中《そっちゅう》の発作《ほっさ》を起こす。

「つくづく兄を見ているようで不愉快だ。くそ、おまえはわたしの種ではないのかも知れぬな」

怒りのあまり、ユークトはとんでもないことを毒づいた。シラルは平然としている。とすると、エルレインが知らなかっただけで、ユークトは意外に癇癪《かんしゃく》持ちなのかも知れない。

「叔父さま、叔父さま。お身体《からだ》に障《さわ》ります。カエルは喋《しゃべ》れませんから、シラルさまはご自分のお気持ちを伝えようとしただけで」

「ならば、全部代筆させればいいのだ。シラル、この馬鹿めが！　もちろんそなたにも非がある。こっそり帰国してこのような遊びに興じるとは何事だ！　そなた、その身を何と心得ておる。オーデットの世継ぎには、そなたが一人でなるわけではない。民の暮らしがかかっているとわかっておるのか！」

ユークトはわめき散らした。エルレインは叔父《おじ》に同情する。あの兄で、この息子。そりゃあ癇癪も起こすだろう。窓ガラスを震わす大声も出したいだろう。

「叔父さま、もうその辺で。シラルさまのことは、必ずわたしが元に戻します。お約束いたしますから、どうか怒りを鎮《しず》めてください」

「エルレイン、あなたは魔女ではない。いくら〈国守り〉の魔女の血を引こうとかなわぬ。出来ぬ約束は致すな」

他意のない叔父の言葉に、エルレインの胸は疼《うず》いた。出来ない約束はしない。それをゼルイークは口癖《くちぐせ》にしていた。

「わたしも、出来ない約束はしません。ご存知でしょう叔父さま。わたしは、期待なんてしないと思って生きてきました。叶わない時、とても傷つきますから。ですから、きちんと心当たりがあるんです。シラルさまを元に戻してくださる方に」

「ラバーヴィル公。わたしも保証しよう。シラル殿下は、我がエリアルダが責任を持ってヒトにお戻しする。しばしご猶予《ゆうよ》をお願いしたい」

アレクセルが口添え、ユークトはやっと承諾《しょうだく》した。さらに十分ほど、口を極めて息子を罵《ののし》り、二度と魔法をおもちゃにするなとエルレインたちに言い置き、水晶城《すいしょうじょう》に引き上げてゆく。

ユークトが去った後、エルレインたちは嵐が通りすぎたような気持ちだった。けろっとしているのは残りの一人と一匹で、ジーニーはさっさと皿を持ち上げた。「じゃあ帰りまーす」とサロンを後にする。

物言いたげなシラルと目があったが、言葉はかわせずに終わった。サロンに残されたエルレインは、意味もなくドレスの膝から埃《ほこり》を払う真似《まね》をした。

「叔父さまがああいう方だったとは……」

誰にともなくつぶやく。もっと落ち着いた人だと思っていたのは、叔父がエルレインに、それだけ冷たく接していた証拠だろう。

「公は、あなたへのわだかまりを消されたのじゃないかな」

「わたしもそう思います。そうだと嬉しいのですけど、また後戻りしそうで」

シラルの魔法を解かねば、後戻りどころでは済まないだろう。

「エルレイン」

アレクセルが、改まって名を呼んだ。しにくい話を切り出そうとしている。

「わかってます。わたしが叔父さまに言った、心当たりのことですよね」

「うん。あなたが誰を思い浮かべたか、わかっているつもりだ。やつの『姉』だろう」

「ええ。ヴィエンカさまです」

ゼルイークの「姉」は、弟が手こずるほどの力を有している。二月前《ふたつき》、彼女はその片鱗《へんりん》を見せつけた。

「覚えていらっしゃいます？　あの方、カエルになったアレクセルさまを戻しましたよね」

エルレインの呪《のろ》いは、ゼルイークにしか解けないと言われていたのにだ。もっとも、そう言われていた頃のエルレインには、二つの呪いがかかっていた。今は一つしかないから、たやすくなったのかも知れない。

「覚えているよ。わたしも、ヴィエンカにならば敵《かな》うと考えている」

アレクセルはそこで言葉を切り、「だが」と続けた。

「だがエルレイン。ヴィエンカは、必ず見返りを求めるよ。何を差し出せと言われるかは、わかっているよね？」

エルレインは無言でうなずいた。ヴィエンカはきっと言うだろう。シラルを元に戻すかわりに、ゼルイークとの関わりを断て、と。

ヴィエンカは、ゼルイークの孤独を望んでいる。彼が呪いに屈し、負けを認める日を待ち望んでいる。気の遠くなるような時を生き抜くのは、ゼルイークの意志なのだそうだ。それを諦《あきら》めた時、ゼルイークはヴィエンカの思う道を進むのだという。

だからヴィエンカには、エルレインもアレクセルも邪魔なのだ。二人はゼルイークの友人となり、エルレインは、幾世にも渡る約束まで交わした。

彼女が二人に手を出さないのは、ゼルイークの手前があるからだった。他の誰を平気で傷つけようと、弟だけは敵に回したくないらしい。

「エルレイン。あなたはゼルの力になる約束をしただろう？」

「しました。破りたくありません。ですけど、シラルさまを戻さないと」

その先を口にしたくなく、エルレインは黙りこんだ。まさか外交問題にはならないだろう。表面上は、呪われた自国の王女に、王太子候補の従弟《いとこ》が触れた事故なのだから。エリアルダの王孫子が唆《そそのか》し、エリアルダの魔法使いが元に戻す約束だった、とは叔父もねじ込むまい。けれど、感情のしこりは残る。怒りは、きっとエルレインにはけ口を求める。

「わたしは何を言われても、仕方ないと思います。でも、シラルさまがずっとカエルのままでいるのには耐えられません。前にも、そういうつらい思いをしました。それだけは、もう……」

二度と嫌だと言いきれず、涙で声が滲《にじ》んだ。カエルのまま生を終えた男たちをどんな思いで見送ったか。とても言葉では表せない。

アレクセルが腕を伸ばしかけ、はっと引っこめた。届く距離ではなかったが、お互い、はじかれたように離れて座り直す。

「もどかしいよ」

アレクセルが悔しそうに言った。

「今だけ、わたしが女であればよかったと思う。あなたが心細い思いをしているのに、わたしは抱きしめてあげることも出来ないんだ」

「アレクセルさま」

「ゼルのせいだ」

涙の溜まった目で、アレクセルは何も乗っていないテーブルをにらみ据えた。

「ヤツのせいだ。ヤツが眠ったりするから、あなたがそんな顔をする。あなたを泣かせるなんていくらゼルでも、……くそっ」

悪態をついて横を向いた。袖《そで》で何かを拭《ぬぐ》うような音がした。

「すまぬ。ちょっと、わたしも動揺《どうよう》しているんだ。ヴィエンカは、わたしにも誓わせるはずだからな。わたしも、二度とゼルとは関わらないと」

当然だった。ヴィエンカはこれをチャンスと捉えるだろう。

「エルレイン。こんな言い方はクサいかもしれぬが、ゼルは、わたしの大事な友人なんだ。誰も、ヤツの代わりは出来ない。かけがえがないんだ。失うなど考えられない。わたしが、あいつを不幸にするなんて考えたくもない。もしそうせねばならぬなら、わたしがその不幸を背負う」

アレクセルの気持ちは痛いほどわかる。エルレインにとってのオルフェリアがそうだ。

「だから、わたしは一旦国に帰る」

エルレインは目を瞠《みは》った。エリアルダに？

「いくら耳を引っぱられてもかまうものか。祖父や母に相談しようと思う。ヴィエンカ以外に方法はないかを探してくる」

「他にも道があるんですか」

「仮にも魔法大国だからな。奥の手もあろうかと思うのだ」

なかったら？　問いが脳裏《のうり》をかすめたが、怖くて口には出せなかった。言った途端、真実になるような気がした。

「わたしは、あなたを泣かせたくもないんだエルレイン。そんなのは耐えられない。ゼルとあなたと、どちらもだ。だから、誰も泣かずにすむようにする」

エルレインは胸が詰まって頭を垂れた。本当に、そんな道が見つかればいい。

「すぐ、旅の支度《したく》をさせましょう。エリアルダは遠いですから」

「いや、それほどでもないよ。魔法で行くから」

今にも席を立ちそうなエルレインをアレクセルが仕草で止めた。いつもつけている小さな耳飾りを示してみせる。

「魔身具、というのだ。魔法使いたちが魔力を込めて作るのだが、これを使えば、わたしたちでもちょっとした魔法を使うことが出来る」

「この、お借りしている首飾りがそうですよね。お守りにもなりますし、いざという時はどこかへ連れ帰ってくれるのだとか」

エルレインは、ゼルイークの首飾りに触れた。虹色に輝くそれに「環《わ》よ戻れ」と声をかければ、込められた魔力が解放される。

「同じ類《たぐい》のものだよ。わたしのこれは〈国守り〉の魔女どの作だが」

「〈国守り〉って、そういうのもお仕事なんですか」

「かつてはね。王の戴冠式《たいかんしき》には、お守りになる新たな魔身具を献上する習わしだったそうだ。当代の魔女どのは、たんに趣味で作っておられるがね。わが母上の依頼とか」

家出という名のお忍び旅行を好む息子を持てば、魔女にお守りを作るよう、頼みたくなるのもうなずける。

「アレクセルさま。このまま行かれますか」

「しょんぼりしたあなたを放って？　それは出来ないなエルレイン」

アレクセルは微笑《ほほえ》んだ。気持ちも落ち着いたのか、いつもの表情に戻っている。

「今日は一日、あなたの側にいよう。これから戻っても母の機嫌が悪くなるしね、あの方は夜の華《はな》だから」

エリアルダ王太子妃は社交好きなのだろうか。

「それに、ちと試してみたいこともあるのだ。七ヶ月前、わたしはそれに成功してゼルを目覚めさせた」

「そういえば、起こしたのでしたね」

アレクセルは五年前、目覚めを迎えたゼルイークの部屋に無断で入りこんで彼と出会ったという。だがその二年後、ゼルイークには再び眠りの時が訪れた。その彼を、アレクセルは七ヶ月前に叩き起こしたのだ。オーデットに行き、エルレインの呪いを解くよう頼むために。

「もう一度、試して悪い法はあるまい？」

アレクセルの執念が呪いを打ち破ったのか、たんに目覚めの時期だったのかはわかっていなかった。だから、そう、試してみる価値はある。

「起きてくださるといいのだけれど」

そして、また眠りに就《つ》くことがなければ。

「うん。だからやってみようと思う」

わたしは信じている。アレクセルはどこまでも前向きだった。エルレインはそんな彼が眩《まぶ》しく、少しばかり羨《うらや》ましかった。

明くる日、アレクセルは決意をみなぎらせてエルレインの寝室に現れた。

エルレインはオルフェリアを相手に、朝の歩き方稽古《げいこ》を終えて戻ったところだった。見学のカエルとカエル係も一緒だ。最近は昼までの稽古ではなくなり、ちょうど花嫁衣装《いしょう》の重さだからと、胴鎧《どうよろい》をつけさせられての数時間となっている。

「アレクセルさま、それ」

婚約者の様子にエルレインは唖然《あぜん》とした。アレクセルはシャツ一枚になって腕まくりし、額には錦《にしき》の布をきりりと巻いていた。首には数種類のお守り、背中にはどこからか拝借してきた大皿と木のへら。手には何やら、紙製のメガホンを持っている。

「い、勇ましいですわね」

としか言いようがなかった。もしくは同じ「い」で始まる別の言葉で、冷ややかに斬《き》るしかない。

「うむ。この前もこの恰好《かっこう》で挑んだのだ」

「まあ」

それは王宮に、頭痛の種を振りまいたことだろう。エルレインもコメカミが疼《うず》いた。斬り捨てて御免《ごめん》にしたほうがよかったかと後悔する。

「ではだな、ご婦人方。失礼して」

アレクセルはエルレインたちに下がっているよう言い、寝台の周囲をしかつめらしい顔で回った。まるで、不審者を尋問《じんもん》する機会狙っているようだ。何となく、鼻の下にちょび髭《ひげ》のほしい雰囲気《ふんいき》でもある。

「あー、もしもし、きみ」

真面目《まじめ》くさったアレクセルは、ゼルイークの肩を叩いた。酔っぱらいを追い立てる時の口調に近い。

「これ。ちと起きぬか。ここは寝る場所ではないぞよ？　うん？」

いや寝る場所です、寝台だし。とオルフェリアがツッコミかかる。エルレインは友の口を慌《あわ》てて塞《ふさ》いだ。どんなコントだと訊《き》きたいのは山々だが、これも手順なのだろう。と思いたい。

「こら、ゼル。聞いとるのか。起きろ、起きるのだ。いつまで寝ている。もう朝だぞ」

あーさーだーぞー、とアレクセルは語尾を伸ばした。反応がないとみるや、耳元に手製のメガホンをあてがう。

「起きなさい起きなさい起きなさい。ゼル先生、朝ですよ」

内緒話でもするよう、ぼそぼそ言った。当然無視されて、息を大きく吸いこむ。

「ゼルうううううっ。起きろ！　起きろと言っているうううううっ！」

「アレクセルさま！」

「殿下！　ゼルイークさまのお耳が！」

エルレインたちは焦って止めたが、アレクセルはやめなかった。ゼルイークの耳元でがなり立て、歌を歌い、皿を木べらで叩く。寝台の周りを跳びはね、くすぐり、しまいにはゼルイークに馬乗りになって頬《ほお》をつねり上げる。

「何かさあ、レーン」

オルフェリアが言った。初め、固唾《かたず》を呑《の》んで見守っていたエルレインたちは、ぐったりと長《なが》椅子《いす》で足を放りだしていた。エルレインとオルフェリアは互いにもたれ合うように座り、ジーニーはその横で半《なか》ば白目をむいている。

エルレインの膝の上の皿には、シラルがいた。彼もげっそりとして、膚《はだ》の色が灰味をおびつつある。

「前、これの成功した理由ってさ。わたし、鬱陶《うっとう》しかったからじゃないかと思うんだけど」

「ゼルイークさまが『やかましい！』って跳ね起きたとか？　そうかも知れないわね」

これでは、たとえ死者でも甦《よみがえ》りそうだ。シラルが、何とも言えない表情をしてみせた。発したカエル語をエルレインは訳す。

「『閣下《かっか》に同情する』？　ええ、わたしもですシラルさま」

好き放題されるゼルイークは、普段を思えば憐《あわ》れを誘う。

「だけど。騒いだら、うるさがってくださるかしら」

ふとエルレインはつぶやいた。必死なアレクセルを見ていたら、何だかそんな気がしてきたのだ。

「レーン？　よしてよあなたまで」

「だってリオ。もしこれで呪《のろ》いが破れるのなら——」

エルレインはゼルイークを見つめた。声をかけたいと思い、実行に移せない。察したようにぎゃぎゃっとシラルが鳴いた。檻《おり》にしがみついて、声を張り上げる。自分に続けとエルレインを促した。背中を押されて、エルレインは勇気を出す。

「ゼルイークさま」

「おお！　そうだな、みんなでやろう！」

アレクセルがシラルの皿を枕元に置いた。二人で声を揃《そろ》える。きょとんとしていたジーニーも、その真剣さに真似《まね》を始める。冗談でしょ、とオルフェリアは呻《うめ》き、それでも律儀《りちぎ》に加わった。

エルレインはメガホンを借りた。叫ぶのは、性格じゃない。だから代わりに耳元でまくし立てる。

「起きないとただじゃすみませんからね、ゼルイークさま。あなたが意識を無くしたのを後悔するくらい酷《ひど》いことをしますから。顔に落書きをして、鼻にいくつ豆が詰め込めるかを実地で確かめます。二度と目覚めたくなくなるような恰好《かっこう》をさせて、それを絵師に描かせますよ。笑い者になりたくないなら、今のうちですからね」

しばらくの間彼らは続けた。ゼルイークは今にも目を覚ましそうに思え、次第に力が入った。けれどやがて声が涸《か》れ、力を使い果たして部屋に沈黙が降りる。

みな肩で息をしていた。髪は乱れ、服も着崩れている。

あれほど乱暴に扱われ、変わらないのはゼルイークだけだった。血の気《け》もなく、息も上がらず、どこ一つとっても乱れていない。

そこが分かれ目のようにエルレインは感じた。騒がしい生者と、静かな死者。

「駄目か」

悔しそうにアレクセルがつぶやく。

エルレインたちは肩を落とした。前にも増した悲しみに襲われ、誰もがうつむいた。


昼過ぎにエリアルダに戻ったアレクセルは、夜更けに帰ってきた。

「エルレイン、今戻った」

「アレクセルさま。もっとかかるかと思いましたのに」

侍女《じじょ》の取り次ぎなしに寝室にやって来た彼を、エルレインは立ち上がって迎えた。編みかけのレースを椅子《いす》に放りだし、急いで近づく。

魔法の環《わ》をくぐって来たアレクセルは、弱い笑みを浮かべた。エルレインに触れないよう、両頬の辺りの空気に口づけする。

顔を傾けて応えたエルレインは婚約者を労《ねぎら》った。椅子を勧めながら、早すぎる帰還と疲れた様子に不安を覚える。

「お茶、お飲みになりますか」

「いや、いいよ。こんな時刻だ。侍女を騒がせるのはかわいそうだからね」

その代わり水をと言われ、エルレインは寝台脇の小卓からガラスの水差しを取った。深い紅の水差しは、表面に切り子の紋様《もんよう》が刻まれている。蓋《ふた》がグラスになっていて、エルレインは水を注いでアレクセルに渡した。自分も側の椅子《いす》に座る。

「いかがでした？」

「うん。ヴィエンカに会ってきたよ」

水をぐいと一息に飲みほしたアレクセルが言った。お代わりはと問うと手を振る。

アレクセルは、そのまま椅子に沈みこんだ。うつむき気味に膝に置いた手を見つめて、ためらうような間を置く。

「――予想通りの返事だった。シラルどのをヒトに戻してもいい。けれど代わりに。……わたしとあなただ」

「二人とも、二度とゼルイークさまに関わらない……？」

「うん。たとえ明日目覚めても、知らん顔をしろと」

「そんな」

エルレインは声をうわずらせた。が、予期していた言葉だ。

「それで、アレクセルさま。お返事は何と」

「出来なかった。わかった、頼むとはわたしには言えない」

「わたしにも、言えないと思います」

「うん」

うなずいたアレクセルが、言葉を探すように視線をさまよわせる。

「ヴィエンカに、代わりのものを差し出せないかと訊いてみたんだ。だが交渉にはならなくてね。早まった真似《まね》だけはするまいと、どんな約束も交わさずにおいた。エルレイン、結果を出せずにすまない」

「とんでもない」

「いい報せを持って帰りたかったんだ」

ぽつんとアレクセルは言った。きっと何時間も何時間も、色々に切り口を変えながら、ヴィエンカに掛けあってくれたのだろう。

「そのお言葉だけで充分です。まだ時間はありますもの、必ず良い方法が見つかります」

「ありがとう、そう言ってくれて。わたしも、ヴィエンカは最後の頼みの綱《つな》にしようと思った。本当に、もうどうしようもなくなったら、その時はわたしとあなたで痛みを引き受けよう」

「はい」

それしかないだろう。シラルを、カエルのまま死なすわけにはいかない。

「ちゃんと、希望はあるんだよ。母上が協力を申し出てくださった」

「お母さま、王太子妃殿下《ひでんか》がですか」

「あの方も魔女の端《はし》くれであられるからね。力はそうお強くないが、魔女たちのと親交も深い。陛下もお許しになって下さった。エリディーンが、妃殿下の友人としてなら味方についてもよいと」

　エリディーンは魔法使いの塔《とう》の名だ。すなわち、王宮の魔法使いたちが動いてくれる。これほど心強いこともない。

　だが、表情を読んだアレクセルは、早とちりを諫《いさ》めるように首を振る。

「それほど手放しでは喜べないよ。友人として、というのは、裏でこっそりと言ったのに近いのだ。ゼルと魔王のことは複雑でね。エリアルダとしては、あまり魔王を刺激できないし、ヴィエンカの機嫌を損《そこ》ねるのも避けねばならない」

　ヴィエンカはエリアルダ国にとって、重要な存在であるという。

「でも、妃殿下が相談に乗ってくださるんですよね」

「あの方の配下が、あれこれ調べものもしてくださると思う。場合によっては、他国の魔法使いを紹介してくれるのではないかな。それなら、一応の義理立てにはなるからね」

　他国の魔法使いがシラルの呪いを解くのなら、エリアルダ国としては表向き中立を保ったことになるのだろう。

「エリアルダは、今でも魔法や異界との関わりが深いからね。理解しにくいかもしれぬが、しがらみもあって、なかなか面倒で」

何となくはわかる、とエルレインは答えた。その昔、魔法はなくてはならないもので、人々はその恩恵により闇をはねのけて住まう土地を守ってきた。エリアルダは当時から異界を知り、力を借りて栄えてきた国であるから、魔法が遠ざかりつつある時代になっても、守らねばならない取り決めなどがあるのだろう。

「アレクセルさま、オーデットに戻られてよかったのですか。妃殿下のお手伝いなどは」

「わたしもそのつもりだったが、帰れとみなに言われたのだ。こんな時に、あなたをお一人で心細いままにしてはならぬと言われてね。陛下より、お言葉をいただいた。くれぐれも気を落とさぬよう、すべて片づき、あなたがエリアルダに来られる日を待ち望む、と」

「もったいないお言葉です。ありがとうございます」

エリアルダ王の言葉が胸にしみた。未来の義祖父の労《いたわ》りが嬉しかった。

アレクセルがあくびを嚙《か》み殺し、エルレインは部屋で寝《やす》むよう勧めた。彼は充分すぎるほどつとめてきたのだ。

「あなたはどうするのだ、エルレイン。まさか、そこで夜を明かすのではないな？」

寝台脇の独りがけの椅子をアレクセルが見遣《みや》った。編みかけのテーブルクロスがそのままになっている。

「きちんと横になって寝みます。でももう少し、きりのよいところまで仕上げてからに」

「無理はしないと約束してくれるね。ゼルが気になるのはわかるが、自分も大切にすると」

「約束いたします」

アレクセルはうなずき、再びエルレインの頬《ほお》に口づける仕草をして部屋を出る。

廊下《ろうか》まで見送ったエルレインは、扉を閉めた。寝台の側へ戻り、紗幕《しゃまく》を手で押さえてゼルイークを見つめる。

「ということですって。聞いておいででした？　ゼルイークさま」

目を閉じたゼルイークは微動だにしない。もちろん、と澄ました声で言うこともない。

急に悲しみがこみ上げ、エルレインは涙を浮かべ、立ち尽くしたまま両手で顔を覆《おお》った。


ゼルイークが眠りに就《つ》き、三日が経った。

深夜。エルレインは眠れずに、ゼルイークの枕辺《まくらべ》にいた。

手にしているのは、いつものように銀の編み針だ。めまぐるしく動かす針の先から、モチーフが生み出されている。三日前から数えて、五枚目のテーブルクロスになる予定で、売り上げは救護院《きゅうごいん》の運営の足しになる。

絶え間なく編み続けながら、エルレインは時折ゼルイークを窺《うかが》った。ふと、呼吸《いき》をしたのではと思える瞬間があるのだ。はっとして耳を澄ませ、そのたびに気のせいだったと知る。

る。手燭《てしょく》に照らされたゼルイークの横顔は、変わらずに白かった。だが、ぬくもりは消えてい
る。蝋《ろう》のように冷たい。
この三日、エリアルダからの報せはない。まだ三日だ。そう考えてはみても、焦りばかり募《つの》
って、何もかもが上滑りする。
気を引き立てようとするアレクセルに応え、気遣うシラルにも笑顔を向けながら、エルレイ
ンは誰にも言えない思いを呑《の》みこんでいた。
耐えられないかも知れない。
いつか再び目覚めると知っていても、つらく感じた。これが最後になるかも知れないのだ。
たとえば百年後、エルレインは次の生の環《わ》を進み始めている。
魂《たましい》は同じでも、ゼルイークとまた巡り合っても、この記憶ごとではない。
たった七ヶ月なんて。早すぎる。エルレインは勝手に、ゼルイークはずっと、自分が老いる
まで側にいるのだと考えていた。根拠はない。けれど、しわくちゃ爺《じい》さんになっても、エルレ
インにあれこれ皮肉を言っているのだと思っていた。
「……いけない」
いつの間にか、ゼルイークは戻らないものと決めてかかる自分をエルレインは叱《しか》った。違
う、そうじゃない。ゼルイークはきっとすぐに戻る、と言い聞かせる。
だけど、とひねくれた心が言った。戻らなかったら?

これから、どうなるのだろう。

ぽつんと、蹴《け》った石のように問いが転がった。最後の切り札のヴィエンカを使えば、とりあえずシラルの魔法は、魔法だけは解ける。けれど、その後。

エルレインは。アレクセルは。そしてゼルイークは。

まず婚約は解消だろう。どんなにアレクセルが望み、エリアルダ王たちが願ってくれても、触れることすら出来ない王妃を迎える意味はない。アレクセルは父である王太子の後を受け、立太子《りったいし》することがほぼ決まっているという。つまり、将来のエリアルダ王だ。

国を思えば、アレクセルはエルレインと別れざるを得ない。

もし、たとえヴィエンカが呪いを解いてくれたとしても、今度はゼルイークの件がある。アレクセルと二人、ゼルイークに背を向けることが本当に出来るだろうか。

出来なければ、やはり別れるしかない。

エルレインは別れの場面を想像し、凍りつくような気持ちを覚えた。よそう。今から考えていれば、その時泣かないわけじゃない。いいえ、きっと泣くのだ。声を上げて泣く。

エルレインは目をしばたたいた。売りものに染みがついてしまう。

続ける気が失せ、エルレインは編みかけのモチーフを膝に置いた。大好きな、南国の美しい鳥の羽根模様の図案なのに、ちっとも心が沸き立たない。

魔王に、魂を売ったらゼルイークは目覚めるだろうか。

ふと思ったエルレインは苦笑した。却下《きやっか》だ。ゼルイークは喜ばない。むしろ怒って自ら眠るだろう。

「それでもいいわ」

苦しさにエルレインはつぶやいた。

それでもいい。ゼルイークさま。あなたに会いたい。

目の前にいるのに、何て遠いのだろうと思う。触れられる。髪も梳《と》ける。その気になれば、口づけさえも。なのに彼は遙《はる》かに遠い。ここにいるのに、いないのだ。

喘《あえ》いだエルレインは、頭を冷やそうと椅子を立った。窓辺へ行き、鎧戸《よろいど》を開ける。吐く息が白い煙となって立ちのぼった。静かだと思ったら、どうりで。

雪が降っている。

ひそやかな、音とは呼べない音を聞きながら目を閉じる。しみいる寒さが思考をさらってくれればいい。

だが、そんな瞬間は訪れなかった。裏腹に目が冴え、心が冴えて想いが募《つの》る。

ゼルイークさま、どうか目を開けて——。

エルレインは窓枠《まどわく》づたいに崩れそうになり、しがみついて窓を閉めた。扉に手をかけたまま、自嘲《じちょう》の笑みを漏《も》らす。

どうかしている。こんなにあの人が恋しいなんて。罵声《ばせい》でいいから聞きたいなんて。

しっかりして。もっとしゃんとして。

自分を叱りながら椅子へ戻ろうとし、エルレインはぎくりとした。

すぐそこに誰かいる。

暗がりに人影が見えた。背が高い。男性だ。黒っぽい髪、膚《はだ》は闇に浮かび上がるように白い。

黒ずくめ。知らない顔だ。氷めいた美貌《びぼう》。オーデット人ではない。かといって、エリアルダ人でもなかった。金髪のアレクセルでも、むろん、ゼルイークでもない。

エルレインは両手を胸元に引き寄せた。歯が鳴る。寒いからだけじゃない。押し寄せる力をその男から感じる。

それは、あの感覚に似ていた。息を止めたような、清冽《せいれつ》に張り詰めた空気。

魔法の環の中。

「誰。どなた」

エルレインは訊《き》いた。腹の中で、拳《こぶし》のように気力をぎゅっと握りしめる。

影のような男が答えるとは思わなかった。が、予想は外れた。

「エルゼルアシュ」

男は名乗った。続けて言い直す。

「エルゼラスの方が、通りはよいか」

脳天に楔《くさび》を打ち込まれたようにエルレインは感じた。

ああ神さま、と知らずつぶやく。エルゼラス——！

何てことだろう。これは魔王だ。

とうとう魔王が現れた——。

第4章　魔法使い、伝えてはいけない想い。

こんな時にどうして。

凍りついたエルレインは、痺《しび》れたようになった頭の片隅でそう思った。ゼルイークは眠りに就《つ》き、アレクセルもオルフェリアも、今は側にいない。

否《いな》、だからこそ現れたのかも知れなかった。エルゼラスは、エルレインを連れ去ろうとしていた。連れ去るなら、これほどの好機はない。

エルレインは力を求めるように、首に下げた飾りを握った。鎖がかすかな音を立てる。

エルゼルアシュ、あるいはエルゼラス。そう名乗った男は、笑った。

「余《よ》が怖いか」

訊《たず》ねる声は低く静かだった。けれどずしりと響いた。魔王の波動とでも言うべきものを受け、膚《はだ》が総毛《そうけ》立《だ》つ。

これは「影」ではないとエルレインは確信した。かつて魔王の送り込んだ「影」に、これほどまでにみなぎる気を感じなかった。

「お名前を聞いて、怖れぬ者がいるでしょうか」

エルレインは応じた。思ったより、声に震えが混じっていない。意外に思ったのは魔王もなのか、幾分、眼差《まなざ》しに興味の光が宿る。

「口もきけなくなるほどではない」

「ここにはわたししかおりませんから」

いっそ気を失ってしまいたいが、後始末は誰もしてくれない。

「そのようだな」

意味ありげに、魔王はゼルイークを見遣《みや》った。独《ひと》り言《ごと》めいてつぶやく。

「よう眠っておる」

横顔が笑みを含んだ。まるで、望みが叶ったとでもいうように。

エルゼラスの姿が揺らいだ、そう思った瞬間、彼はエルレインの目前に立っていた。闇色の服が、帳《とばり》のように灯りを遮《さえぎ》った。身を引き、壁際に追い詰められるエルレインにささやきかける。

「ようやく、邪魔者が消えた。そうは思わぬか」

いいえ、とエルレインは答えたかった。だが、口答えと取られるのが怖くて声に出せない。

「わたしを連れにきたのですか」

エルレインは両手を握りしめ、きつく胸の前に引きつけた。指先が冷たい。

「左様《さよう》。人の世の十七年とは、大層な長さであるが……」

エルゼラスは言いながら、そっと手を伸ばした。

「われらは人よりも長く生きるが、われらの十七年としても、待ちわびる時とすればかなりのものだ。そなたにこうして見《まみ》える日を、夢にみたぞエルレイン」

魔王の指先が頰《ほお》を撫《な》でた。身体《からだ》をこわばらせつつ、エルレインはエルゼラスを見守る。

「なにゆえ、そのような顔を？　──ああ、余がカエルになるのに賭《か》けたか」

顔にはすぐ理解の色が広がり、エルゼラスは笑い出した。

「なかなか肝《きも》が据《す》わっているようだ。そなたの呪《のろ》いは、そなたの母の魔法がねじけて生じたもの。そなたの母、レリの魔力の源《みなもと》は誰であるか？　余であろう」

この世界の魔法は、魔力を扱うことの出来る者たち、つまり魔女や魔法使いが、エルゼラスのような異界の者と契約し、力を借りる形で成り立っている。

「毒蛇が、おのれの毒で死のうか？　死なぬな。魔法も然《しか》り。力のもとには害をなさぬ」

「でしたら。もっと早くにおいでになれたでしょうに。この離宮《りきゅう》に魔法をかけたのはお母さま。わたしを守ろうとしたのは母です」

レリはかつて、その魔力を用いて、死に瀕《ひん》した当時の婚約者ラバールの命を救った。人のさだめを左右する魔法には大きな代価が必要であり、魔力のあるじであるエルゼラスは、レリの「最初に産む子ども」を求めた。それがエルレインだ。

娘時代のレリは、まだ顔も見ぬ我が子を取り引きに使ったが、いざ生まれたエルレインを魔王に渡すことが出来なかった。エルレインを愛《いと》しく思い、守るために魔法を使った。そしてまた、代価を我が身で贖《あがな》い、命を落としている。

「あなたには、生まれたばかりのわたしをさらうことなど容易《たやす》かったはず」

「むろん。だがそなたは死したぞ。城を出ると死ぬ魔法の焦点は、余ではない。そなただ」

ふっと、エルゼラスは当時を思い出すような表情をした。

「あれは、レリは賢かった。余の欲するのは、生きたそなただと承知で立ち回った。そなたにとっては『城から出たら死』であっただろうが、余にしてみれば『城から出いしたら死』だ。考えおった。さすが、余が見込んだだけのことはある」

エルゼラスの口ぶりは、レリに感心するようだった。欺《あざむ》かれたのは魔王であり、レリに命で贖わせたのも彼だというのに。

「あなたには、母の魔法そのものを解くことも適《かな》ったのではありませんか」

「力の源が余である理屈から言えばな。だが、レリが出来ぬよう仕向けた。魔法に、そう読み込みおったのだ。あれほど術に秀でた魔女は他におらぬ」

「だから、あなたは待っておいでしたのね。わたしの死の呪いが消えるのを」

「むろん」

「それで、お力をもって、ゼルイークさまを眠らせたのですか」

「わざわざ手を下さずとも、それが勝手に眠りおる」

寝台を示すそぶりはぞんざいだった。魔王の、感情の黒い炎が垣間見《かいまみ》えた気がしてエルレインははっとする。

この二人が、かつて一人の女性を争った実感が迫った。世の人々にはその出来事は昔々に起きた話で、歌劇の材料で、けれど彼らにとっては「今」のままなのだ。

未だ、魔王はゼルイークを憎んでいる。逆もそうだ。

「終わりにしようとは、お思いにならないのですか」

ついエルレインは訊《き》いた。エルゼラスが片眉《かたまゆ》を上げて先を促す。

「ゼルイークさまとのことです。あなたにはお赦《ゆる》しになれるはずですのに」

「わだかまりを捨て、呪いを解けと？　そなたは魔王に言うか？」

ふ、ふ、と彼は笑った。声を殺すように、肩に顔を押しつけるようにして。

笑い声が消えると、部屋はにわかにしんとした。外で、窓に風が吹きつけた。雪が窓でカサカサと鳴り、冷気が忍びこむ。

魔王の肩越しの橙色《だいだい》の灯りが、頼りなく揺れる。

黙っていると、空気が張り詰めるように感じた。エルレインはいたたまれなくなって、エルゼラスに訊ねる。

「わたしを連れてゆくのですね」

彼は待っていたのだ、会うのを夢に見たとまで言った。

エルゼラスは即答せず、青ざめてこわばったエルレインの顔を眺めて訊ね返す。

「行かぬと申すか」

「行きたくありません」

恐ろしかったが言った。それが本心だ。

肩に置かれていたエルゼラスの手が上がり、エルレインの顔を上げさせる。

「言葉とは裏腹に、観念して見える」

その言葉に、思わず苦笑いが出た。

「誰がわたくしを助けてくれましょうか」

エルレインは魔王と二人きりでいる。ゼルイークも、他の者も、彼の訪《おとな》いにすら気づいていない。

一人で、これを切り抜けねばならないのだ。泣き叫べば、そのチャンスもなくなる。

「そなた自身が助けるやもしれぬ」

「わたしが？　どのように？　魔女ですらありませんのに」

「そなたには手がある、声も歯もある」

「叩けと仰《おっしゃ》いますか。叫べと？　無駄です。あなたは、どれ一つ、わたしにさせますまい」

「一つだけなら叩かせてやってもよい」

「叩いたら、その瞬間、もうわたしはここにはいないのでしょう？」

ゼルイークだって、指を鳴らすだけで魔法を使う。エルゼラスは、瞬き一つで行えても不思議ではない。

そう、何もここで喋《しゃべ》り続ける必要なんてないのだ。エルレインを連れ去るのを阻《はば》んでいたのが呪いだけならば、エルゼラスは自由だ。彼女の意思などたしかめるまでもない。

何が狙い？　エルレインの中に疑問が湧いた。意図があるように感じたのだ。

エルレインは、訊かずに口をつぐんだ。探り出そうと、魔王の言葉に耳を澄ます。

「そなた。余《よ》に、そなたは余のものではない、と言ったな」

「申し上げました」

警戒しながら答えた。正しくは、魔王の送りこんだ「影」に言った。レリと魔王のかわした契約は、レリが命を失ったときに終わっている。その意味をこめて答えたつもりだ。

「今もそう思うておるか？　それゆえ、余と共にはゆかぬと？」

「はい」

「余を知らず、余の世界も知らず、はいと申すか」

非難する口調に、エルレインの気の強さが頭をもたげる。

「お言葉ですが、あなたのことは存じております。あなただって、ご自分がわたしに何をしたか、わたしがどう暮らしてきたか、わかっておいでてでしょう」

十七年、離宮に閉じこめられて育った。寂しい思いをしたのは、一度や二度ではない。

「そなたを呪ったのは、そなたの母だエルレイン」

エルレインは魔王の手を払いのけた。

「あなたからわたしを守るためです！　母は代価を払いました。でもあなたは、呪いをそのままになさった」

顔を上げたまま、エルレインは目をそらした。

「契約の代価が払われたのなら、あなたは呪いを弛《ゆる》めてもよかったはずだとゼルイークさまは仰いました。でも、あなたはそうなさらなかった。出来なかったとは思いません。あなたが手を下せなかったとしても、方法は他にもあったはずですもの。なのに、あなたはずっと放っておかれた。それが、あなたのわたくしへの仕打ちです」

動いたのは、ゼルイークが現れてからだ。彼らの関係を知った今となっては、対抗心だとしか思えない。

「そなた。余を責めているのか？」

「いいえ。わたしが、あなたをひどい方だと存じているという話です」

「だから行かぬと申すか。詫《わ》びを入れたらどうだ？」

訊かれたエルレインは絶句した。詫びるという言葉は、あまりにも魔王のイメージとかけ離れている。

だが、きっとこれが生身の魔王なのだと、ふっとそんな気がした。伝説でもなく、歌劇の敵役でもない魔王は、人間くさいのかもしれない。異界に住み、ヒトにはない力を持つというだけのことで。

ああ、と胸の裡《うち》でエルレインはつぶやく。魔王に惹《ひ》かれたゼルイークの恋人シーラを、少しだけわかったように思った。シーラも魔王を身近な人のように感じ、そして恋に落ちたのかもしれない。

とはいえ、エルレインの気持ちが変わるわけではなかった。エルレインは言葉を返す。

「お詫びしていただいても、行きたいとは思いません。わたしの大切な人は、こちらにいるのですもの。この世界に」

「来るのが遅かったと申すか？」

去年ならどうした？　そう問われた気がしてエルレインはうなずいた。

「ええ、あるいは」

どうせ恋など出来ず、籠《かご》の鳥のまま暮らすなら、魔王にさらわれたってかまわなかった。

「ですけど、矛盾《むじゅん》するお話ですわ。早くにいらしても、あなたはわたしを死なせずに連れ出せはしなかったのでしょう？」

魔王の言う「しがらみ」とは、魔法の抱える何かなのだろう。こちらとあちらで交わされる契約に、課せられた幾つもの決めごとがあるのはエルレインも知っている。

「そなたが大切というのは、それか？」

ゼルイークを示しながら、冷ややかに魔王が訊いた。否《いな》と言わせるかのごとく、眼差《まなざ》しが凄《すご》みを帯びる。

エルレインは負けるものかという気になった。はっきり、しっかりうなずく。

「はい。ゼルイークさまだけでなく、アレクセルさまも。リオ、お父さま、この城の人たちみんなもです」

「アレクセル……。コイズの小童《こわっぱ》か」

耳慣れない言葉で魔王が応じた。それから、ふと思い出したようにエルレインを見遣《みや》る。

「エリアルダに嫁《とつ》ぐのであったな、そなた。――嫁《ゆ》けるのか？」

さらりとした調子で、突き刺すように訊く。しかも、答えを承知した顔で。

「嫁けまいな」と魔王は独《ひと》り続けた。このままでは、というのだ。

「余が助けてやろう」

エルレインは耳を疑った。助ける？

「わたしの呪いを解いてくださると仰るのですか」

「そなたの従弟《いとこ》もヒトに戻す。余にはわけもない」

それは魔王であれば当然だ。けれど、何のために。

「呪いが解ければ、わたしはゼルイークさまがこのままでも嫁ぎます」

「であろうな」

至極《しごく》当然な口ぶりに、エルレインは
「いいのか」と訊《き》きかけた。

「あなたのお望みは、わたしを連れてゆく――」

連れてゆくことなのではと言いかけて、口を閉ざす。そう。いいのだ。嫁ごうと嫁ぐまいと、魔王は好きな時にエルレインをさらってゆける。

「いいえ。あなたのお力をお借りしようとは思いません」

断ったエルレインは続けた。

「それに、カエルの呪いだって、あなたの勝手には出来ないはずです」

そうでないと、先程の話と嚙《か》み合わない。

「むろんである。だが、どんな物事にも目こぼしはあるものだ」

取り決めを犯したことにはならないというのだ。ならばなぜ、魔王はもっと早くにそうしなかったのか。

「どのように言われても返事は変わりません」

「では、これはどうだ。余がそれを赦《ゆる》してやる」

「ゼルイークさまを」

「左様《さよう》。そなたの望み通り赦してやろう。余のかけた呪いだ。余がいつでも解ける」

「それは、あの方が細切《こまぎ》れに生きずともよくなるということですか」

「そうだ。そなたたちのように、数十年を続けて生きて死ぬ。今日からな」

エルレインは目を瞠《みは》った。今日から。

ゼルイークは、エルレインたちと同じ時を生きてゆける——。

夢のような話だった。喜んだのもつかの間、エルレインの背は冷えた。合点《がてん》がいったのだ。

魔王の狙いはこれだ。

「代価をお聞かせ下さい」

エルレインは慎重に訊いた。親切で持ちかける話ではない。

「代価などかまうな。そなたの願いであれば聞いてやる」

「いいえ。聞いて下さるというなら、相応のものをお戻しします」

「では、ただでよい。ただ、が値だ」

「ただは借りと同義と存じます。いずれなにがしかの形で払う約束となります」

素早くやり取りをしながら確信する。魔王は、エルレインを穴に転げ落としたいのだ。ゼルイークの苦しむような約束をさせたいのだ。

一つでも失言したら最後、エルゼラスはそれを契約とみなすだろう。そして、ゼルイークの目の前で、最も望まない形で行使してみせるはずだ。

エルレインは歌劇を思いだした。「魔王の花嫁」でも、エルゼラスはゼルイークからシーラを奪い去った。役名はキリムだが、あれは史実を元にしている。

またやるつもりなのだ。今度こそ、完璧《かんぺき》にゼルイークは打ちのめされる。

「それほどまでにゼルイークさまをお憎みですか」

やりきれない思いで訊いた。魔王は勝者なのだ。ゼルイークではなく。

「あなたはすべてを手に入れられたのでしょう？　罰《ばつ》だってお下しになった」

「だが、また余のものに手を出した。そなたは、そなたがどう思おうが、生まれた時から余のものだ」

「違います。代価は母の命です」

「そなたの言い分ではな。余のではない」

話が嚙《か》み合わなかった。魔王は本気で、一度差し出されたエルレインは自分のものだと言っているのだ。

「まったく不愉快な男だ。またしても余の前に現れるなど」

「その不愉快な男を、代価もなくお赦しになって下さるのですか」

辛辣《しんらつ》に訊《たず》ねられ、魔王が口をつぐむ。

ふいに、闇色の瞳が、赤みがかった夕色《ゆういろ》に煌《きら》めいた。

「エルレイン。そなた、それの『光』となったな」

二人だけの約束をなぜ知っているのか。エルレインは愕然《がくぜん》とした。

「わたしたちをずっと、覗《のぞ》き見ておいでなのですか」

「ふ。覗くものか」

「ではヴィエンカさまですか。あの方がお知らせになったのでしょう？」

ヴィエンカほどの魔女なら、魔王に会いに行っても不思議はないように思える。

「あの小娘になど久しく会わぬ。誰が言いに来ずとも伝わるのだ」

「わたしがゼルイークさまの『光』だとしたら、何か」

「何であろうな」

含みのある調子でエルゼラスが脅《おど》した。口の端を、かすかに笑うように歪める。

「はっきり仰《おっしゃ》ってください」

「ふと考えたまでだ。そなたとそれは巡り会い続ける。たとえば、そなたが死す時にそれが目覚めて。あるいはそなたが死した次の朝、それが目覚めて」

エルレインはぞっとした。魔王はこう言っている。おまえたちがずっとすれ違い続けるようにも出来るのだ、と。

ゼルイークは必ず間に合わない。還《かえ》る場所を手に入れても、すぐに失われる。

「何て……、何て酷《ひど》いことを。それでは、今よりもゼルイークさまがつらくなります！」

「だがあり得る」

「あるのではなく、あなたが仕組むのでしょう！」

「あるいはな。それが報いを受けるにふさわしいと、余が思えば」

エルレインが申し出を退ければ、魔王はそう思うだろう。

うなずけと魔王は言うのだ。エルレインに、ゼルイークを赦すよう頼め、と。

エルゼラスは頼みを聞き入れる。ゼルイークは目覚め、おそらくエルレインか、彼の失いたくないものを持って行かれる。

エルレインの想像を見透かすように魔王が唆《そそのか》す。

「そなたは、それを救えるぞエルレイン」

魔王に従えば、ゼルイークは絶望を繰り返す目覚めからは逃れられる。

選びようがなかった、選べるはずがない。どちらにしてもゼルイークは苦しむのだ。

「そなたは生まれ変わるたび、それに看取《みと》らせるのかエルレイン」

魔王が言った。エルレインは身震いする。

「では、それを嘆《なげ》かせ続けるか？」

せめてあと一日早く、とうなだれる背中を想像する。

「巡り合ううちには、恋人となるかも知れぬな。結ばれる日が、永久《とこしえ》の別れとなることもあろう」

ゼルイークがしあわせになれると思った瞬間、息絶える自分をエルレインは見た気がした。

青くなって耳を塞《ふさ》いだ。悪夢ばかりだ！

「お帰り下さい。わたしはお答えしません。あなたとは、どんな取り引きもいたしません」

「エルレイン。二度とこのような機会はないやも知れぬ」

「お答えしません。お帰り下さい。どうぞこのままお引き取りになって」

「余を遠ざけるのは、賢いとは言えぬぞ」

「お帰り下さい。わたしたちを放っておいて」

「エルレイン。それが泣くのを見たいか」

エルレインはぎゅっと目を瞑《つむ》った。手にも力を込め、魔王の声を閉め出す。

それでも忍びこむささやきが幾度も脅した。エルレインは「わたしを連れてゆけばいいわ！」とわめきそうになり堪《こら》える。魔王はその言葉を待っている。エルレインが承知したとみなし、異界に連れ去るだろう。

もしかしたら母の魔法が鎖となっているのかも知れないと、追い詰められながらふっと思った。エルゼラスには充分な力があるのだ。それでいてこんな手間をかけるのは、嫌がらせでなければ、その必要があるからだ。エルレインが承知しなければ、さらえない。

お母さま。エルレインは心の中で、縋《すが》りつくように母を呼んだ。答えない、取り引きしない。魔王にはその言葉だけを繰り返す。

どのくらい経ったのだろう。永遠にも思える時間が過ぎたあと、魔王がエルレインの手を摑《つか》んだ。耳から引きはがし、声を聞かせる。

「そなたが望まずとも、恩を売ってやろう」

「いいえ！」

叫んだエルレインに、魔王は笑みを返す。「だがもう売った」と答え、そのまま宙に吸いこまれるように消えた。

部屋を支配する凍《い》てついた空気が緩《ゆる》んだ。エルレインは壁に背をつけたままへたり込む。しゃがんでから、思い出したように膝が笑った。身体《からだ》が震えた。

「行ったのね」

確かめたくて声に出した。エルゼラスの気配はない。エルレインは膝を騙《だま》し騙し、這《は》うように寝台に辿《たど》り着く。魔王は恩を売ると言った。まさか。

膝立ちになると、ゼルイークは眠ったままだった。哀しいはずなのに今はほっとする。

「ゼルイークさま」

呼びかけて手を伸ばした。組まれた手に自らのそれを重ねて、エルレインは寝台に顔を伏せる。安堵《あんど》と恐怖がごちゃまぜになった。魔王は去った。けれどただ去ったのではないだろう。どうすればいいのか。どうすればよかったのか。考えても答えは出なかった。精一杯のことをしたつもりだったけれど、正しかったのかわからない。

そのままエルレインは、気を失ってしまったらしい。

はっと顔を上げると、辺りはぼんやりと明るかった。ゆうべ、鎧戸《よろいど》をきちんと閉めきれなかったようだ。隙間《すきま》の向こうが白んでいる。

寝台脇の小卓で、手燭《てしょく》の灯りが燃え尽きていた。常夜灯の油も切れかかっている。

椅子《いす》の上には、編み物が放りだされたままだ。エルレイン自身は床に座って寝台にもたれている。

辺りは静かだった。いつも通りの朝だ。魔王の訪れた痕跡は残っていない。

「夢……？」

つぶやいたが、そんなはずはない。魔王はたしかに現れた。エルレインに触れ、彼女を脅《おど》していった。

そう、ゼルイークさまは。

彼を振り向いたエルレインは息を詰めた。目を瞠《みは》る。

ゼルイークが上体を起こしていた。枕を背もたれがわりに使っている。

「今はいつです？」

訊《き》いた声が静かに、けれど少しばかり不安そうに響いた。孔雀石《くじゃくいし》色の目が、エルレインを眺め回す。

「あなたを見る限り、それほど経ったようには思えないのですが」

「あれから四日です」

急《せ》くように答え、気が緩んだ。湿っぽさを嫌ってかゼルイークが嘯《うそぶ》く。

「ああ、頑張った若作りじゃなかったんですね」

「四日も経っているんですよ。馬鹿！」

感情が高ぶって詰《なじ》った。その間、みんなどれだけ心配したか。何があったか！

「たった四日なんかじゃありませんから。長かったんです。終わらないくらいに」

エルレインは立ち上がってそっぽを向いた。泣きそうになるのを見られたくなかったのだ。

「あなたはのんびりしていらしてよろしかったですわよね。ちょっと失礼、なんてサロンで眠られて。ここまでだって、リオたちがみなで運んだんですから」

「そうでしたね。申し訳ないことをしました」

「ええそうです。アレクセルさまは相談のために国に帰られたんですよ。お母さまに耳を引っぱられるのをご承知で」

「引っぱられましたか」

「知りません。アレクセルさまはもう戻られてますし、ご自分で訊けばよろしいでしょう」

言葉を返せば返すほど、憎まれ口に歯止めが利《き》かなくなる。本当は、別のことを言いたいのに、素直に出てこない。

「エルレインさま」

答えないエルレインにゼルイークは続けて言った。

「お帰り、というものですよこんな時は」

「言えるものですか！」

　エルレインは振り向いた。ひっぱたいてやりたくなる。

「心臓が停まりそうだったんです。あんなふうに急に。もう会えないのかと思いました。永遠に会えないのかと思いました」

「会えますよ」

　振り下ろした手をゼルイークが摑《つか》んだ。そっと両手で握り直す。

「そう約束したでしょう。わたしたちは繰り返し巡り合う」

「次の世の話じゃありません。わたしがです。わたしが、あなたとです」

　目の藍《あい》色が深まるエルレインに対し、ゼルイークの孔雀石《くじゃくいし》色の瞳は和《なご》む。

「会いましたよ。わたしは仕事をやり残した。さよならも言いませんでした」

「戻ってくるつもりだったのなら言って下さい！」

「戻るつもりだったから言わなかったんです」

「いいえ違います。怖かったのよ」

　言わずもがなのことを口走る。禁句だと思ったが、止められなかった。

「戻れないかも知れないと思ったのでしょう。だから黙っていらしたのよ」

「怖いですよ。もう、あなたのそんな顔も見られないかも知れないんです」

「わたしの怒り顔ですか」

「怒っても、そっぽを向いても、生きていればこそ見られる」

「ゼルイークさま」

本音を聞いて声が詰まった。エルレインの手を、ゼルイークが揺さぶる。

「お帰りと言ってください。夢じゃないかと思うんです。眠っている間、わたしは夢を見るんです。長い長い夢を」

「どうしても聞きたいなら、お願いしますと仰《おっしゃ》って」

「お願いします」

気持ちのおさまりがつかずツンとすると、ゼルイークが笑った。

「ちょっと見ない間に、だいぶキャラが変わってませんかエルレインさま」

「うるさいわね。あなたこそ素直にお願いしますだなんて、陽が西から昇ります」

「あなたも優しくなるかもしれませんね」

「だまらっしゃいゼルイークさま」

「黙ってもいいですよ」

その代わり、と期待するような顔に、エルレインは目をそらしてぼそっと言った。

「……お帰りなさい」

「ただいま戻りました。それにしても四日ですか。最短記録です」

ゼルイークはほっとし、照れ隠しのように話題を変えた。エルレインもこっぱずかしかったので、何でもないように訊《たず》ねる。

「これまでで一番短かったのは？」

「三年です。殿下にむりやり叩き起こされまして」

ゼルイークは、エルレインを寝台に腰かけさせた。身体がだるいのか、寝台を出るそぶりは見せない。

「不思議に思っていたのですけど、そういうのってあるんですか。アレクセルさまは前回、あなたの呪《のろ》いを打ち破られたの？」

「実はよくわかっていません。ですが、あの方の執念が勝った可能性はあります。もしや、今回もだったりしますか」

「駄目でした。アレクセルさまも試されたのですけれど、その時は何の反応もなくて」

「そりゃそうだ。殿下に起こされたのなら、あの方が今、ここで騒いでいるはずだ」

そう言われて、エルレインは腰を浮かしかけた。

「アレクセルさまに報せなくては」

「あとで自分で出向きます。先にあなたと話させてください」

エルレインは座り直させられた。彼は手をしっかり握っている。

まだ不安から抜けきれないのだろうと、エルレインはそのままにしておいた。

「それで。そんなところで何をしていたんです？　願掛《がんか》けですか」

「違いますけど、非難する口ぶりね」

普通、そこは感謝じゃないだろうかとちょっと思う。

「非難ではありません。心配です。願い事というものはよく考えないと。誰に聞かれるかわかりませんし、相手によっては酷《ひど》い目を見る」

「願いを聞いてくれるのは、神さまだけではないということ？」

「ええ。もっと身近で、もっと厄介《やっかい》なものの耳に入る方が多いでしょう」

ゼルイークの指すものは魔族のようだ。そういうおとぎ話はいくらでもある。

「どなたにも、何もお願いしていません。しなくてよかったと思ってます」

「では、ちらっとは考えたわけなんですね」

「いけませんか？　だって、あなたは眠ってしまったんですよ。いきなりで、それに、シラルさまがカエルになってしまわれて」

責められたように感じて言い返す。シラルの顛末《てんまつ》は早口につけ加えた。ゼルイークの瞳の色が、冷たい青味よりになる。

「くそ。それで殿下が国へか……。まさか『姉』と約束など」

「しません。アレクセルさまが掛けあってくださったのですけれど、よい返事はいただけなくて。というより、あなたから手を引けの一点張りでしたから、アレクセルさまはそのまま戻られました」

「そうでしたか」

幾分、ゼルイークは肩に入れた力を抜いた。エルレインは訊《き》いてみる。

「やはり、何も約束しなくて正しかったのですか」

「ええ。殿下が原則を覚えていてくださってよかった」

「ヴィエンカさまとのおつきあいの原則？」

「われわれ魔法使いとのです。『みだりに魔法使いと約束を交わすべからず』。われわれとの約束は、ようは魔物とのそれですからね。われわれの魔力は、あちらからの借り物だ。貸し主は約束をいいように解釈するものですし、あとで思っていた以上の代価を求められないとも限らない」

「ヴィエンカさまも、もし約束をしたら、ねじ曲げて屁理屈《へりくつ》を言ったわけね」

「言ったでしょうよ。そして勝った、と思ったはずです」

嬉々として、自分たちとゼルイークを引き離すヴィエンカを思い浮かべた。ゼルイークの「姉」でさえそうだ。ならば魔王はどうだろうか。

告げずにいようかと一瞬迷ったが、エルレインは膝に目を落として言った。

「昨夜、魔王が参りました」

びくっとゼルイークが身を起こした。ものすごい勢いで訊ねる。

「どこへです」

「ここへ。――大丈夫、何もされていません」

肩を摑んで振り向かされ、エルレインは彼の胸に手を突いて押しとどめた。

「そんな顔なさらないで下さい。本当に無事ですから」

「向こうは魔王だと名乗ったのですか。『影』や配下の魔物ではなく？」

「エルゼルアシュと仰いました。それからエルゼラスの方が通りがよいか、と。あれは『影』などではなかったと思います。凍りつくような気をまとっていらして、背が高くて、黒髪、赤っぽい黒い目をされていて」

「美貌《びぼう》だったと」

「ええ。ですけど、姿は幾つもあるうちの一つなのでしょう？」

かつて、そう教えられた覚えがある。

「最も好む姿でもあります」

答えたゼルイークは唇を嚙《か》んだ。眼差《まなざ》しを鋭くする。

「やつは何と？　わたしが四日で目覚めたのはそれでですか」

「わかりません。あの方は恩を売ると仰って、返事をする前にもう売ったと言って消えて――」

見る間にゼルイークが青ざめた。こんな表情は初めてだ。

「わたし、あの方がいなくなってほっとして、それから朝まで覚えていないんです」

「だから踞《うずくま》っていたんですか。――」

目を閉じたゼルイークがうなだれた。

「ごめんなさい」

「謝るのはわたしです。あなたを狙うとわかっていたのに」

「だけど、眠ったのはあなたのせいではないわ。そりゃあ怖かったですけれど、今はもう、あなたも目を覚まされたのですもの」

「そうですが」

ゼルイークの眼差しが不安そうに揺れた。

「やつは恩を売るために来たんですか」

「……違うと思います。初め、あの方はわたしを連れてゆくつもりだと仰いました。死の呪いが消え、そう出来るようになったと」

ゼルイークの顔色が変わり、拳《こぶし》を白くなるほど握った。今にも震えだしそうだ。

「出来ないのじゃないかとわたしは思います。だって、あれこれ仰るわりにはそうする気配もなくて。あの方になら、他愛《たわい》もないはずです。それをしないのは、何か条件が揃《そろ》わないか、あなたに対する嫌がらせに使いたいかのどちらかでしょう？」

「どちらもです。あなたはこの国の王女で、亡き王妃《おうひ》さまと聖シエザとに守られている。魔王はここではよそ者ですから、それは尊重すべき点になります。もちろん踏みにじれますが、礼儀を失して揉《も》め事を起こす気は今のところないらしい」

「揉め事って、どなたとです」

「あちらこちらと。魔法絡みなので深くは申しませんが、それをすれば魔王であっても、少々厄介《やっかい》な立場に立たされる」

ゼルイークは小さく息をもらした。エルレインの目を覗《のぞ》き込んで訊《たず》ねる。

「脅《おど》されたでしょう？　やつは、あなたの口から『連れていけ』という言葉を誘い出したかったはずです」

「言いませんでした。わたしもそれを疑って、言った瞬間、どこかへさらわれるんじゃないかと考えたんです」

「あなたが疑り深いひねくれ屋でよかった」

泣き笑いのような顔でゼルイークが言う。褒《ほ》めたようだ。とてもそうは思えないが。

エルレインは教育係兼魔法使いを軽く睨《にら》み、気を取り直して話を続けた。

「次に、あの方は誘いをかけてきました。シラルさまを助けてやろうかと。お断りしました。するとあの方は別の申し出をされて。今度は、あなたを赦《ゆる》してやってもよい、と……」

「エルレインさま」

「それもお断りしました」

ゼルイークの口を塞《ふさ》ぐ形で言って、理由を付け足す。

「だって代価はいらない、ただでいいと仰るんです」

「ただなんて、借りと同義ですよ。いつか倍額払うはめになる」

「わたしもそう申し上げました。でもゼルイークさまこそ、それって臍《へそ》の曲がった発言ですよね」

「魔王に答えたあなたに言われたくありませんよ」

思わずのようにぶすっと返したゼルイークが、目が合うとかすかに笑みを寄越《よこ》す。

「あなたが疑り深いひねくれ屋の臍《へそ》曲がりでよかった」

だから、ちっとも褒めて聞こえない。

「……よかったんでしょうか」

エルレインはつぶやくように訊いた。

「断るべきじゃなかった気がするんです」

「どうして」

「余計に脅《おど》されましたから。申し出を受けないから、あの方はわたしたちをすれ違わせる、って——」

魔王が脅しに使った仕打ちを話した。間に合わない、おいて逝《ゆ》かれる、結ばれずに死が別《わか》つ。

ゼルイークがこわばった声で訊いた。

「あなたは、なんと答えたんですエルレインさま」

「何も」

「やめてとも仰らなかった？」

「言いませんでした。何も答えない、どんな約束もしないと繰り返しました。言葉尻を取られたくなかったんです。だって、そういう雰囲気《ふんいき》でしたから」

「あなたは心底、疑り深いひねくれ屋の臍曲がりなんですね」

「もうゼルイークさま。さっきからそればかり」

「ありがとう」

礼を言われ、エルレインは面食らった。あのゼルイークさまが、ありがとう？

「あなたは、完璧《かんぺき》な答え方をしてくださった。何も答えない、どんな約束もしない。それでいいんです。やつはつけいる隙《すき》を見つけられなかった。だから独《ひと》りで帰ったんです」

「ですけど、帰る前に恩を売ってやるって言い捨てて」

「言わせておけばいい。そんなものは脅しに過ぎない」

「そうなんでしょうか。あなたが今朝《けさ》目覚めたのは——」

「偶然ではないかも知れない。たしかに否定は出来ません。だからとあなたが怯《おび》えることはない。起きてしまえばこっちのものだ」

「呑気《のんき》すぎますゼルイークさま。わたし、きっとあの方を怒らせました。魔王は執念深いのでしょう？　脅した通りに、すれ違いの呪いをかけて来たらどうすれば」

「知ったことか」

言いきるゼルイークに、エルレインは唖然《あぜん》とした。

「知ったことかじゃありません。『光』の約束が台無しになるかも知れないんですよ。幾度目覚めても言葉をかわせなかったら、結局同じじゃないですか」

ゼルイークは独り、遙《はる》かな先まで生き続ける。

「のちの心配なら、のちにします。今はどうでもいい。あなたを今失わずに済んだ。それで充分だ」

ゼルイークが手を伸ばした。エルレインの頬《ほお》に触れる。

「ここにいてくれてありがとう。行かないでいてくれて」

ゼルイークが動いた。次の瞬間、エルレインはその腕に抱きすくめられていた。

彼の顎《あご》が、エルレインの肩に乗る。背に両腕を回し、ゼルイークは低くため息を漏《も》らした。

「どんなに感謝しても、し足りない」

ゼルイークの恰好《かっこう》は、エルレインを守るのではなく、彼女に縋《すが》りつくようだった。それだけ怖れていたのだ、とエルレインは識《し》る。魔王に奪われる。理屈ではなく、言葉自体が既にゼルイークには恐怖でしかない。

エルレインはその背に腕を回した。広い背中なのに、ひどく頼りなく感じる。

「大丈夫ですから。わたしはどこにも行きません」

そう約束したでしょうと訊《き》いた。泣いている子どもをなだめるように。

「しました」と答えが返る。反論の気配にエルレインは言った。

「一緒に痛みを感じると言ったでしょう。一緒に闘います。魔王に手出しなんかさせません」

守りたいと思った。この人を決して、二度と絶望させたくない。

オレサマで毒舌《どくぜつ》でインケンで。皮肉で築いた壁の上にふんぞりかえっている魔法使い。魔王になれるほどだという力を持ち、魔物など手の一振りで散り飛ばしてしまうのに、彼の中には迷い子がいる。

エルレインは腕に力を込めた。情けない魔法使いでかまわない。

「役割があべこべですよエルレインさま」

ゼルイークが苦笑まじりに言った。ふがいなさを自嘲《じちょう》しているのかも知れない。

「だって。ゼルイークさまが、泣きごとを言う小さな子みたいなんですもの。本当は十八で呪われて、そこから成長してないんじゃありません？」

「悪いか」

憮然《ぶぜん》とした声にエルレインは噴き出した。「つまり自覚があるのね」と追い討《う》ちしてやる。

どちらからともなく腕を弛《ゆる》め、離れた。エルレインは忍び笑いながら盗み見上げ、面白くなさそうなゼルイークは見下ろす。

視線が合った。どちらも、呼吸《いき》も動きも止めた。ゼルイークの瞳の色が、溶けるような緑に変わる。

近づいてくると思う間もなく、魔法使いの唇がエルレインの唇に触れた。身じろぎするより早く、首を彼の手が支えた。もう片手が背を抱く。引き寄せる。

怯《おび》えがエルレインを貫《つらぬ》き、その気持ちが細かな泡《あわ》のように消えてゆく。エルレインは目を閉じた。委《ゆだ》ねるようにかすかに唇を開く。

舌が甘い。

ぼんやりそんなことを思った。やがて目を開けると、彼は離れていて、エルレインを見つめていた。

「もう隠せません」

ゼルイークが想いを告げた。

「あなたが好きです、エルレイン」

第5章　エルレイン、鳥籠にひきこもる。

告白に、沸き立つはずの心が冷えた。我に返り、エルレインは青ざめる。

わたし。わたしたち、今何を——。

恐ろしいことをしてしまった。口づけを交わした。

婚約者のある身で。その言葉がエルレインを苛《さいな》む。しかも相手は教育係兼魔法使い、婚約者の友人だ……。

「いいえ」

考えるより先にエルレインは否定していた。打ち消そうとする。

「いいえ。そんなの勘違《かんちが》いです」

愕然《がくぜん》とするゼルイークから目をそらす。その瞬間、彼はエルレインの気持ちを読み取った。

「なかったことにしたいですか」

きつく訊《たず》ねられた。ああ、傷つけたのだと思ったが、取り消せはしない。

「ごめんなさい。でも、あってはならないんです」

「あなたが殿下の婚約者だからですか」

「そうです。それにあなたは友人でしょう」

お互い、言わずもがなのことを言う。エルレインは立ち上がり、二人の間に距離をあけた。

それが一層雰囲気《ふんいき》を悪くする。ぎこちない沈黙を、ゼルイークが苦く破った。

「だから隠していた」

責めるような言葉に、エルレインは答えようがなかった。打ち明けたのは、彼女のせいだというのだろうか。そうなのかも知れない。

「ごめんなさい。わたしが軽率《けいそつ》でした。誤解を招いたのならお詫《わ》びします」

「嘘だ」

ゼルイークが決めつける。彼は静かに言った。

「誤解なんてどこにもない。わたしはあなたが好きだ。あなたもわたしを」

「駄目よ」

エルレインは遮《さえぎ》った。首を振って繰り返す。

「駄目。それ以上仰《おつしや》らないでください」

「止めれば気持ちもなくなるとでも言うんですか。そんなふうには出来ていない」

「お願いですゼルイークさま。これ以上は本当に。戻れなくなります」

「戻るつもりなんてありません。あったら口にしない。あなたを誰にも渡したくなくなった。

たとえ殿下でもお断りです」

エルレインは身を切られるような思いで聞いた。知ってか知らずかゼルイークが続ける。

「もう我慢なんて嫌だ。ごめんなんです」

「ゼルイークさま！」

「一度くらい、望みが叶ったっていいはずだ。これだけ耐えてきたんだ！」

振り絞《しぼ》るような声だった。腹の底にためてきた思いだ。

エルレインはかぶりを振った。うなだれるしかない。

「ごめんなさい。お答え出来ません」

彼の孤独を思うとたまらなくなる。ゼルイークは今、手を差しのべている。けれど。

「ご自分を偽るつもりですか」

見透かすような言葉が来た。ぎゅっと詰《なじ》られたように感じる。

エルレインは声を返さなかった。曖昧《あいまい》な身振りだけで応じる。

「逃げるんですかエルレインさま。ご自分の気持ちを見過ごすんですか」

ゼルイークが追い詰めた。床に足をつく。

一歩、エルレインは下がった。怯《おび》えの色にゼルイークがカッとする。

「あなたはもう応えたんだ。それを言葉にするのが怖いんですか」

身体《からだ》が、と言った。そう。一度はこわばったのに、身体は帯のように解けた。

「怖いかどうかじゃありません。答えるべきじゃないんです」

「それが答えだとは思いませんか。言ってはいけない気持ちがある」

「やめてください」

逃げようとして手首を摑《つか》まれた。振りほどこうともがいてもびくともしない。

「放してくださいゼルイークさま」

言葉に反して引き戻された。両肘《りょうひじ》を押さえられる。

「あなたの気持ちを聞くまで放すつもりはない」

「馬鹿なこと仰らないで。人が来たらどう思うか」

「来ると思っているんですか。来るはずがない」

騒ぎは漏《も》れていないのだ。魔法が部屋を包んでいる。

エルレインは身を捩《よじ》った。だがどうやってもゼルイークを振りほどけない。

「ゼルイークさま。お願いです。答えるべきじゃないんです」

「婚約者がいるから何だという？　それがどうした」

ゼルイークは執拗《しつよう》だった。答えを引き出そうと揺さぶる。

エルレインはめちゃくちゃに首を振った。緩《ゆる》んでいた髪飾りが抜け落ちて床に転がる。

「お願い。アレクセルさまに顔向けできなくなります」

「俺が聞いているのはおまえの気持ちだ！　立場の話をするなら拒《こば》め。おまえなんか嫌いだと言えばいい！」

「言えるわけないでしょう！」

耳元で怒鳴《どな》られ、エルレインは怒鳴り返していた。やっとゼルイークを振りほどいて叫ぶ。

「嫌いだなんて言えません、あなたを好きなんですから！　――どうしよう」

想いをぶちまけて口を覆《おお》った。後悔がどっと押し寄せる。

とうとう言ってしまった。否《いな》、気づいてしまった。ずっとずっとずっと、見ないフリをしてきたのに。

この人を好きだ。自覚して立ち尽くした。側にいてほしいのも一緒に闘おうと思ったのも、守りたいと思ったのも好きだから。

教育係としてではなく、魔法使いとしてでもなく、ただゼルイークとして。

「いけませんか。あなたを好きで、何か文句でも？」

「いいえ」

やけくそで訊《き》き返すエルレインに、拍子抜《ひょうしぬ》けしたようにゼルイークが言った。短く笑う。

「笑いごとなんかじゃないわ！」

安堵《あんど》した顔が憎らしかった。どうしてほっと出来るのだろう。めでたしめでたしと終わるわけじゃない。終われないのに。

エルレインの脳裏《のうり》にアレクセルの顔がちらついた。思い浮かんだのは笑顔で、ふいに胸が軋《きし》んだ。

気持ちが萎《しぼ》んだ。

「なぜ言わせたの」

エルレインは泣き顔になった。アレクセルへの申し訳なさが募《つの》る。

「どうして気づかせたの。ずっとあのままでいて下さればよかったのに」

鳥籠《とりかご》の王女と教育係のままで。

勝手な言い分だとわかっていた。ゼルイークはこらえて、こらえてこらえて打ち明けた。

口に出した理由も、手に取るようにわかる。魔王が現れさえしなければ、彼は沈黙を保っただろう。

それでも、言わずにはいられなかった。責任を押しつけずには。

「お恨みしますゼルイークさま」

目を瞠《みは》る様子を、見ないようにした。踵《きびす》を返して寝室を飛び出す。

やみくもに廊下《ろうか》を急いだ。階段を駆けおりたエルレインは、踊り場でアレクセルと鉢合《はちあ》わせする。

「やあ、おはようエルレイン。今日もすう――⁉」

清々しいと続くはずだった言葉は途中で消えた。語尾が中途半端《はんぱ》に跳ね上がる。

「どど、どうしたのだ。わたしは何か悪いことをしたかっ？」

いきなりエルレインの目に涙が盛りあがったため、アレクセルが取り乱した。両手を振り回して気遣う姿に、胸が塞《ふさ》がる気持ちがした。

「何でもありません」

言い捨てるようにして、脇をすり抜ける。そう、心配しているはずだとひとこと言った。

「ゼルイークさまがお目覚めになりました」

「ゼルがか？　待ってくれエルレイン！」

ただならぬ様子にアレクセルが思わず手を伸ばした。エルレインに触れ、緑色になってぺちゃりと床に落ちる。

気持ちよくキゼツしなかったのは、それどころではないということだろう。はね起きてせわしなくカエル語で訊《たず》ねた。案じるそぶりに、アレクセルを拾い上げたエルレインは涙を雨粒のように降らせる。

ぽたぽたと、滴《しずく》がカエルを濡らした。誰かに踏まれないよう、エルレインはアレクセルをそっと階段の手すりに置き、あとは振り返らずに朝靄《あさもや》の庭へと駆けた。

どこまでも逃げたかった。

ここではないどこかへ、自分を追いやってしまいたかった。

こんなに自分を醜《みにく》いと思ったことはない。

「姫。また殿下がいらしたよ。しょんぼりしておいでだった」

廊下へ顔を出して応対をしてきたシラルが戻ってくる。もといた椅子《いす》のクッションを膨《ふく》らませて座り直し、黙々と編み物を続けるエルレインの顔を覗《のぞ》き込んだ。

「もう三日なんだよ？　いい加減、引き籠《こ》もりも度が過ぎると思わないかい？」

「思ってます」

離宮《りきゅう》中の人々を心配させている。みな、わけがわからずに戸惑っている。

わかっていて、エルレインは自室から出られなかった。誰とも顔を合わせたくなかった。合わせられなかったという方が正しいだろう。動揺《どうよう》を、何があったのかを読まれたくなかった。だから、理由も告げずに人払いした。ずっと閉じこもったきり、オルフェリアにさえ会っていない。

「やれやれ。姫は困ったさんだねえ」

唯一の例外であるシラルが独《ひと》りごとを言った。数日ぶりにヒトに戻った彼はこの騒ぎを聞きつけ、エルレインが「誰も入れるな」と命じた侍女《じじょ》を手なずけてするすると入ってきた。以来なんとなく居着いてしまい、昼の間は外との連絡役をしている。

初め、出ていってとエルレインは言ったのだが、そのうち諦《あきら》めた。シラルはよくしなる木に似ていた。どんなに力を加えても曲がるだけで決して折れず、結局はもとの姿を通すそれだ。出てゆく気がないものだから、エルレインの苛立《いらだ》ちをまあまあとかわし、あれこれ他愛《たわい》ない話を持ち出して、怒りを逸《そ》らしてしまうのだ。

シラルが側にいるのは、一つには、あの状況でカエルになったことへの罪滅ぼしの気持ちからのようだった。そして頑《かたく》なに口を閉ざすエルレインが気がかりでもあるらしい。

シラルは何枚になるのかわからない、編み上げられたテーブルクロスを眺めた。山だよ、山、と積みあげられた様子につぶやいて、何気なく訊ねた。

「閣下《かっか》に想いを打ち明けられた？」

ふいうちが手元を狂わせ、エルレインは鋭い編み針の先を指に刺した。左の人さし指に、ぷくりと血玉が盛りあがる。

痛みを我慢し、さりげなく手を隠したがシラルは気づいた。手頃な布を裂いて差し出してくれる。

「いいよ姫、もう隠さなくてもわかっているんだから」

「……離宮中が知っているんですか」

「いや。僕の推理。当たったわけだ」

誘導尋問《じんもん》に引っかかったエルレインは顔を顰《しか》めた。なぐさめるようにシラルが言葉を足す。

「みんなは、あなたとゼルイーク閣下が喧嘩《けんか》したんだろうと思っている。というか、そうとしか思ってないよ。アレクセル殿下も、何を言ったんだとだいぶ閣下を責めていた。でも当人たちが引っこんでいるからさ、今のところ、話はそれでおしまい」

「ゼルイークさまもお部屋に？」

「昨日とおとといは、塔《とう》にいたって。今日は朝から誰も見ていないらしい」

「居づらいのよ。部屋が隣同士ですもの」

「そういう返事をしたんだ？」

優しい声で訊ねる従弟《いとこ》から、エルレインは目をそらした。うっかり認めたとはいえ、答えるわけにはいかない。

「それも当ててみようか。姫は閣下を突き放せなかった。で、オルフェリアどのにも相談できずに閉じこもっている」

シラルは見抜いていた。目が合うと、口の端を微笑《ほほえ》むように引き上げる。

「閣下に応えてしまった？」

「シラルさま」

「心配しなくていいよ。きっと気づいているのは僕だけだと思う。ものごとってさ、ほら、側でより遠くからの方がよく見えたりするものだから」

エルレインはうつむいて、指に布を巻くのに専念するフリをした。シラルが呆《あき》れの気配を漂わせる。

「見ていればわかるよ。あなたと閣下が、お互いに想い合っているのは」

「意地悪ですのね、シラルさま。さっきまでは何も訊《き》かずにいてくださったのに」

「そろそろ頃合いかなと思って。だって現実的な話、いつまでもこのままでいるわけには行かないよ」

そんなの、百も承知で二百も合点《がってん》だ。

「別に、僕に話さなくてもいいんだけどさ、お籠《こ》もりはやめにしないと。あれこれ憶測が飛ぶのはまずいよ。外に漏《も》れたら最後、厄介《やっかい》になる」

「わかってます。わかってますけど、これまでで一番自分が嫌いで」

エルレインは答え、苦い笑い顔を従弟に向けた。

「秘密は、沈黙を守ってこそ秘密ですのに」

すでに、この返事が肯定したようなものだ。

「僕を貝だと思えばいい。大丈夫。僕ならほら、ここにはほんのちょっといるだけのお客で、誰とも深いつきあいがないし」

だけどあなたの従弟だから秘密は守るよと言って、シラルは口を結んで鍵《かぎ》をかけた。その鍵を背後に放る真似《まね》をする。仕草はふざけていたが、眼差《まなざ》しは本気だった。

「甘えさせてくれるんですか」

「そのつもりで居座ってたんだ。一度くらい、従弟らしいことをしたいかなってね」

冗談めかすのは照れくさいからのようだ。こんな機会はもうないかも知れない。エルレインも、シラルを頼ってみたくなった。

「じゃあ、貝になって下さいませシラルさま」

「任せ給え」

「ふふ。ありがとう。本当は、胸が潰《つぶ》れそうなほど苦しくて」

少しだけ笑い声を漏《も》らし、エルレインは長く息を吐いた。

「ずるいんです、わたし。ゼルイークさまにひどいことをしてしまいました。あの方の気持ちを知って、答えてしまってからアレクセルさまの顔が浮かんで。顔向けできなくなるのが怖くて、責めたんです」

「責めるってどんなふうに？」

「『どうして気づかせたの』と」

うつむいていたエルレインは、シラルに自嘲《じちょう》の表情を見せた。

「身勝手ですよね。でも、気づきたくありませんでした。正直に言って、今もそう思っています」

「王女と教育係のままでいたかった？」

「出来れば。だって、楽しかったですから。あんな皮肉屋、他にいませんもの」

「念のため訊くけど、褒《ほ》め言葉だよね？」

「ええ。あれほど呼吸のあった人はいなくて。でも、元には戻れません」

「舌戦《ぜっせん》は可能なんじゃないの」

「どうでしょう。今は交じりけなしの毒しか出てこないような気がします。それに、アレクセルさまが横槍《よこやり》を入れるとか、そういうことはないでしょうから」

エルレインがいてアレクセルがいてゼルイークがいる。そんな日々はおしまいになる。

「もともと、有り得ない数なんですよね、三、って」

「うん？　恋愛のこと？」

「定数は二、ですよね。お互いに見つめ合って両手を握り合うように出来ているんですから」

「側室のいる王様は多いよ」

「だから嫉妬《しっと》と陰謀《いんぼう》が渦《うず》巻《ま》くのだと思います。後宮の場合はもちろん跡継ぎのこともありますけれど、好きな人がよそ見をしていて楽しいはずないですもの」

「殿下にしてみれば、あなたはよそ見をした？」

「というか」

肯定しながらエルレインはかぶりを振った。

「ずっとよそ見をしていたんです。それを違うと思ってきました。思いたかったんです。わたしはアレクセルさまに嫁《とつ》ぐと決まった身で、けれどゼルイークさまにも側にいてほしくて。そうやって自分がぬるま湯に浸《つ》かりたいから、あのままでいたくて。だからわたし、あの方を恨んでるんです」

本当に醜《みにく》い、とエルレインは目を閉じた。

「このことを考えるたび、自分の都合しか思えなくて。立ち向かうの、嫌なんです。どちらかを選んで、どちらかに嫌われるのが怖くて。いいえ」

ごまかした自分を叱《しか》るように、エルレインは言い直した。

「あの方を選んで、アレクセルさまを傷つけるのが怖くて」

エルレインはモチーフを引き寄せ、再び編み始めた。仕事がある方が気が紛《まぎ》れる。

「だけど、今お会いしたら、きっとわかってしまうでしょうから」

「姫の気持ちが、だね」

シラルの声は淡々としていたが、エルレインは胸につかえを覚えて顔を歪める。

「それだけはしちゃいけないと思ってます。ご存知でしょう、シラルさま。そもそもどうして、わたしがゼルイークさまと出会ったか」

「殿下が一方的な恋煩《こいわずら》いで死にかけたから。って聞いたけど」

「責めるように仰《おっしゃ》いますけど、それがなかったら今のわたしもありません」

「だから義理があるんだ？」

エルレインは編みながら訂正《ていせい》した。

「あるのは感謝です。どんなに感謝しているか。あの方がわたしを変えてくれたんです。こんなこと、べらべら口にするなんて、昔のわたしじゃとても考えられません」

一年前なら、すべてが皮肉でこと足りた。けれど皮肉だけじゃ伝わらない、伝えたいことも出来た。

「そのアレクセルさまに、恩を仇《あだ》で返したりは出来ません。するべきじゃないんです」

「姫。でもそれは恋じゃないよ」

言葉が突き刺さった。それは恋じゃない。

黙りこんだエルレインにシラルが言った。

「ああ、批判したつもりじゃないんだ。そうは受け取らないで」

「ええ、事実ですから。けれど、いつか恋に変わるかも知れません。わたし、アレクセルさまを嫌いじゃありませんから。一緒にいてほっとしますし、あったかい気持ちになるんです」

エルレインは糸を手繰《たぐ》った。すばやくモチーフを編み繋《つな》ぐ。

「一緒に歩いてゆこうと思ったんです。そのために、精一杯のことをするつもりでした」

ゼルイークにぶつぶつ文句は言ったが、講義も歩き方指南も投げ出そうは思わなかった。立派な妃殿下《ひでんか》になる。それは自分のためであり、婚約者に応える一つの方法だった。

「過去形で言うのは、もう出来ないから？」

「いいえ。答えが出なく——出すのが怖くて。アレクセルさまを選べば、ゼルイークさまを傷つけます。いえ、もう傷つけてますよね」

どんな思いで気持ちを口にしたか、わかっているつもりだった。なのにエルレインはゼルイークを拒《こば》んだ。

「でも、一番の罪ってどっちつかずですよね。両方は手に入らない決まりなんですから」

「わかっていても答えが出ない？」

「出したくないです。矛盾《むじゅん》してますけど、どうしたってどちらかを失いますから」

だがこのままではいられない。元通りにもなれない。エルレインはゼルイークの想いも、自分のそれも知ってしまった。

その今になって振り返ると、なんて無神経だったのだろうとも思う。ゼルイークは、エルレインの呪いを残した。あれは、少なくとも半分は気持ちの現れだったのだ。せめてひとときでも、エルレインを独《ひと》り占《じ》めしようとした。

切なさがこみあげ、それでも彼を選べない自分がいる。感情がひとめぐりして、また自己嫌《けん》悪《お》に陥《おちい》る。

その繰り返しで三日が過ぎた。

「純粋な興味から訊《き》きたいんだけど」とシラルが言った。椅子《いす》に座り直して身を乗りだすようにする。

「閣下《かっか》と手を取り合って逃げるとか、そういう展開はないんだ？」

エルレインは絶句し、小声で答えた。

「ごめんなさい、考えたこともありませんでした」

「だよね、ほっとした。僕もちょっと想像できない」

「わたしが『氷の王女』だからですか？」

にらむ真似《まね》をして訊いた。世間から、感情がないように思われていたのは事実だ。

「何となくイメージかな。いやその、ごめん。忘れてください」

「別に気にしませんけど」

植えつけられた印象は、簡単には消えないものだ。

「でもさ、意外だったのは閣下かな。あなたをさらって逃げるかと思ったんだけど」

「——魔法でってことですか」

シラルにうなずかれて驚いた。

「そんなシラルさま、あの方を魔王みたいに言わないで下さい。あの方はそういう人じゃありません。自分が想いを呑《の》む人です、平気で悪者になるんですから」

ゼルイークを庇《かば》うと胸が痛んだ。宙ぶらりんの想いが、苦しくてたまらない。

「閣下のことはよくわかるんだ」と言われ、エルレインは苦笑した。答えの半分は「はい」で、残りは「いいえ」だ。わかっているようでわからなくて、近くて遠い。

堂々巡りに戻りそうな気持ちをごまかすため、エルレインはわざと言った。

「シラルさま、ここだけの話ですけど、ゼルイークさまは実はヘタレです」

言って後悔した。だからこそ愛《いと》おしくもあるのだ。

ゼルイークとアレクセル。どちらがより脆《もろ》く、より孤独か。

わかっている——。

「いやだ、シラルさま。何か楽しい話してください。泣き出したら目も当てられません」

エルレインは目をしばたたいた。編みかけのテーブルクロスを置き、新しい糸で別のものを作り始めた。立体的な花びらの薔薇《ばら》が見る間に花開く。裏に袋をつけて紐《ひも》を編むと、少女達が喜んで買ってくれる。

「楽しい話かぁ。どっちかというと、苦手なんだよね、僕自身が楽しい人間じゃないから。姫がしてよ」

「わたしが楽しい人間だと思えますかシラルさま」

「いいや、全然」

「まあ。本音をありがとうございます。悔しいから逆襲してやるわ、シラルさまに恋の話はないんですか」

「あると思うかい？」

目を丸くしたシラルが、くすくすと笑い出す。他人の噂話《うわさばなし》でもしているような様子に、エルレインはもう少しつっこんでみた。

「あらでも、縁談がたくさん舞いこんでいると聞きましたけど」

「権力と見た目と財力。姫ならどれを選ぶ？」

笑顔でシラルが訊いた。呆気《あっけ》にとられると、シラルは投げ遣《や》りに肩をすくめる。

「僕の結婚は政略、そんなふうにしか思えないんだ。かといって恋愛に興味もないんだけれどね。何だか見ているだけで、面倒くさそうで」

「それは、はい。面倒くさいです。わたしも得意とは言い難いですし」

それでも、寂しい答えだと思った。シラルも自覚しているようで、うなずいた。

「僕は心の一部が欠けているんじゃないかなって思う時があるよ。でもまあ、その分、善《よ》い王になろうかなあ、とかね。なんて、世継ぎの指名もされないうちから言うと、謀反《むほん》でも企《たくら》んでいるようだよね」

この場限りの話に、と人さし指で口を塞《ふさ》ぐ仕草をする。心得ているとエルレインは答えた。

「わたしもあなたの貝になります」

「頼んだよ」

取り引き成立、と握手の手を差しだしかけ、慌《あわ》てて引っこめる。

「まずいよなぁ。真っ先に命を落とすタイプだ。一度やっているのに懲《こ》りてない」

シラルはぼやき、それからエルレインを見つめた。

「ごめんね。あの時、あなたに悪夢を見せる結果になって」

「いいえ。絶望はしてませんでしたから。どこかで大丈夫だろうって信じてましたし」

ゼルイークを、だ。気持ちがまた、もやもやの中に戻りかける。

「聞いて下さってありがとう、シラルさま。ちゃんと、わたし答えを出しますから」

そうしなくてはならない。水面に投じられた石の、波紋は消えないのだから。

「うん。そうだ姫、もう一つかっこいいことを言っていい？」

「どうぞ？」

曖昧《あいまい》なままうなずくと、シラルは真面目《まじめ》くさって言った。

「あなたが何を選んでも、僕は、いつでも従姉姫《いとこひめ》の味方だからね」

言い終わるまで真顔を保ち、小鼻を膨《ふく》らませる。ちょっと使ってみたい台詞《せりふ》だったらしい。

エルレインは片眉《かたまゆ》をあげた。秘密の話は済んだ。あとはいつものエルレインに戻ってゆかないと。

「たしかに恰好《かっこう》いいですけれど、わたしとあなたの間柄ではたいした効果はないですわよね」

「言うなあ」

きつい、と笑った。が、二人はよく知り合って間もない。

「でも、ちょびっとは嬉しかったよね？」

「ええ、ちょびっとは」

つんと澄まして答え、顔を見合わせて笑ってからエルレインは言葉を継いだ。

「何を選んでも、なんて。どうするべきだ、とは仰らないんですのね」

「だって姫。あなたにはもうわかっているはずだから。でしょう？」

「はい」

シラルに打ち明け、心の奥底では答えは出ているのだと気づいた。つらい瞬間を、ただ引き延ばしたかっただけなのだ。

「婚約話はすでに動いてる。国同士の絡む話でもある。そういうのを考えないあなたじゃないと思うんだ」

「考えます」

「だろう？　それに、あなたの心が決まっているのはお顔に出ている」

「わたし、そんなに読みやすいですか。不安になってきました。その調子だと、根こそぎみなにバレているんじゃないかしら」

「というより、僕が得意だからだよ。僕はさ、ほら、その人が何をほしがっているかを読んで育ってきたわけで」

小国の王弟の嫡男《ちゃくなん》として生まれ、周囲にはつねに王位継承を巡る争いがあった。「自分の頭越しにみんなが言い争ってばかりだとさ」とシラルが続ける。「きっと注意深くなるし、みんなに好かれないといけないって思うよね」と。

「シラルさまご自身には、欲しいものってないんですか？」

エルレインは訊いてみた。シラルは迷わず答える。

「居場所。といっても、僕の、というより僕たちの。誰もが戻ってこられる、百年後にも在る国《オーデット》」

従弟《いとこ》の表情に、『王の顔』が混じった。

シラルは王になる予感を持っていたのだとエルレインは思った。それは決して不遜《ふそん》な気持ちからではなく、呪われた王女しかいない国の王族として。だから知らず、感情を切り離すのがうまくなったのかもしれない。特に恋は邪魔ものだ。エルレインの母レレリの件がそれを示している。

「あなたも知っているでしょう、この国は弱い。この百年あまりは平和で、皆もしあわせではあるけれど、世界は変わって、動き続けているから」

四百年前、オーデットはペルティダ帝国の辺境の一地方でしかなかった。二百年前、オーデットは宗主国《そうしゅこく》とその庇護国《ひごこく》とに二重に支配を受けていた。独立しておよそ百三十年。戦乱は彼方《かなた》の記憶となったが、いつまた起こるとも限らない。現に、近隣のバルアクは十七年前に東方の帝国に併合された。国境を接したトゥレヒトには内乱の予感がある。

「オーデットは大丈夫です。聖シエザが護《まも》っているのですもの」

「甘んじていたら国は亡びるよ。すでに魔法は消えかけている。わたしたちが努力しないと」

従弟は静かに微笑《ほほえ》んだ。

「それが出来れば、僕は後悔しない」

エルレインは恥ずかしくなった。従弟と自分では、見ているものが違いすぎる。

「シラルさま。こんなことを勝手に言ったら父に怒られそうですけど、オーデットをよろしくお願いします」

王女として、それしか言葉がなかった。シラルは彼女の言葉を嚙《か》みしめるような顔をする。

「約束するよ。まだ僕たちの間でだけだけどね」

ちらっと笑い、ふいにシラルはエルレインの手元を指さした。

「ところでさ、そういうの、僕にも作ってよ」

手のひらほどの大きさに咲いた薔薇《ばら》の花の裏には袋がつき、斜めがけに出来る長い紐《ひも》がついている。これが彼のバランスの取り方なのだと思いつつ、エルレインはシラルの真顔に笑い出した。

「また女装するおつもりですか」

「予定は今のところないけど、備えあれば憂《うれ》いなし。でしょ？」

などと言いながら、綺麗《きれい》なものは好きなようだ。目が離せないでいる。

せめてもと言った気持ちも込め、エルレインは承知した。

「シラルさまには、特別な糸で編んで差し上げます。染め糸ですから、そちらの方が見栄えがしますし」

後で糸の見本をと言うと、シラルは喜んだ。

「嬉しいな」

「一度くらい、こっそり持って歩く気でしょう？」

「バレてるか」

シラルが肩をすくめた時、表で人の言い争う声がした。オルフェリアと侍女《じじょ》のようだと気づき、エルレインは顔を顰《しか》める。

「いけない。とうとうリオがキレたわ……」

三日間お出入り禁止を食らい、重ねた我慢もここまでのようだ。

「だろうね。僕はこの三日で相当彼女の不興を買ったよ」

「すみません」

エルレインは小さくなって詫《わ》びた。オルフェリアにしてみたら、平然と出入りするシラルは癪《しゃく》の種だったに違いない。

「もう、オルフェリア嬢にも会えるね」

答えが決まったのなら、とシラルが訊《き》く。うなずいたエルレインは席を立った。忠義者の侍女が突きとばされないうちに、と急いで扉を開けに行く。

「ごめんなさい、リオ、入ってちょうだい」

顔を出したエルレインに、侍女と押し問答をしていたオルフェリアが呆然《ぼうぜん》とした。侍女には目配せをし、幼なじみを私室に引っぱりこむ。

入れ替わりにシラルが退室した。こちらも、意味ありげな目配せを残してゆく。

強行突破を覚悟していたらしいオルフェリアは、連れ込まれた居間で出端《でばな》を挫《くじ》かれて立ち尽くしていた。気持ちの持って行き場がないのだろう。意味もなく手を上げ下げしてから訊いた。

「これ、何なの？」

「あなたに迷惑と心配をかけたお籠《こ》もりは終了」

「はあ？」

目を丸くしたオルフェリアが、味方を探すように辺りを見回す。独りがけの椅子《いす》に、ぺたんと尻を落とす。

「そうなの？」

「そうなの。ごめんなさい。何なら、ぺちっと一発」

首を傾《かし》げて頬《ほお》を露わにしてみせた。一つや二つ、張り飛ばされても仕方がない。

「いや、叩かないけどさ。っていうかさあ──」

オルフェリアは椅子に大きくもたれて天井を仰《あお》いだ。ため息を漏《も》らし、髪をかきむしって、エルレインに向き直る。

「レーンさ。わたしに怒ってたんじゃないわけ？」

「へ？」

今度は、正面に腰を下ろしたエルレインが目をしばたたく番だった。なぜオルフェリアを？

「お籠もりは、ゼルイークさまとちょっと色々あったからよ。それで誰とも顔を合わせたくなくて」

「何か言われたんでしょ？　って殿下から伺《うかが》った」

「それなのに、あなたはわたしが怒ってると思ってたの？」

「だって。呼んでくれなかったじゃない」

これまでなら、エルレインは真っ先にオルフェリアを頼った。どんな話だって打ち明けてきた。

「なのにさ、今回はシラル殿下がうろついてて」

人聞きの悪い表現は、本音が漏《も》れたらしい。

「ごめんなさい、違うのよ。シラルさまは勝手に入ってきて、何となく居着いてしまって。あなたに来てもらえなかったのは、言えなかったからなの。叱《しか》られるんじゃないかと思って」

「何をさ？」

改めて訊《たず》ねられると、続きがのどに張りついた。言えなかった理由が戻ってくる。

あの夜のことを、彼女はどう受け止めるだろうか。エルレインは婚約者を裏切った。

「――レーン？　わたし、今までにあなたがやらかしたことを非難した？」

「大部分は『いいえ』」

「じゃ、例外は置いておいて言いなさいよ」

言えない、と思った。うつむいて首を振る。

「レーン」

「やっぱり、まだ今は無理みたい。そのうち、ちゃんと話すから」

「その逃げ、二度目だよ」

声が焦れて責めた。オルフェリアが苛立《いらだ》つ。

「やっぱり、何か気に入らないことがあるから話せないんじゃないの？　そういうふうにしか受け取れない」

「違うの」

「違うって思えない。思わせたいなら、説明して」

「出来てたら、とっくにしてるわよ」

エルレインも焦れてきた。声が、オルフェリアにつられるように子どもっぽくなる。

「そんなに簡単じゃないのだもの。難しいこと言わないでちょうだい」

「何が難しいのか、わたしには全然わからない」

「難しいのよ。だってリオは――」

アレクセルさまを、という言葉をあやうく呑《の》みこんだ。苦しまぎれと本心を半々に、別の言葉を押しだす。

「――リオには嫌われたくないから」

「わたしが嫌うようなことがあったの？　何されたの？」

顔色を変えたオルフェリアが両肩を摑《つか》んだ。傷でもついていやしないかと調べる眼差《まなざ》しに、エルレインは泣きたくなりながらかぶりを振る。

「されたのは口づけ。好きだって言われたの」

オルフェリアの息を吞《の》む音に、いたたまれずにエルレインは目を伏せた。

「わたしも気づいたの。……あの方を嫌いじゃないって」

打ち明けて、おしまいだと思った。気遣うオルフェリアの両手に、突き放されるかも知れない。

オルフェリアは絶句した。それさあ、とつぶやくように言ったきり、言葉が途切れる。

「殿下を嫌いなの?」

怒っているような、責めるような声で訊かれた。エルレインは素早く否定する。

「とんでもない。今までと変わらず好きよ」

「じゃあさ。っていうかさ。そもそもレーン、ゼルイークさまを気に入ってたよね? それとは——そうか、その好きが違う好きか」

ぶつぶつ独りで言った。考えをまとめようと黙りこみ、再び口をひらく。

「あなたの気持ちは何となく理解できた。でも、どうしてそれを、わたしに言えなかったわけ?」

目を覗《のぞ》き込まれ、エルレインは逸《そ》らしてしまった。視界の隅で、オルフェリアの怪訝《けげん》な表情が変わり、頬が赤くそまる。だがそれは一瞬で醒《さ》めた。苦いものが瞳をよぎり、オルフェリアも顔を、エルレインからそむける。

「知ってたんだ」

やりきれなさを滲《にじ》ませたオルフェリアが「ごめん」と詫《わ》びた。

「一生、黙ってるつもりだったのに」

やっぱりという確信より、言葉の方にはっとした。エルレインの方が青ざめる。

「リオ！」

「そんな顔しないでよ。だって、殿下はレーンの夫になるわけじゃない」

「だけど」

「だけどじゃなく、だから。取ろうとか横入りしようとか、そんな気持ちもなかったんだ。一応、身を弁《わきま》えているつもりだったし。叶うわけもないし」

外国の王族と伯爵令嬢。身分に問題はないが、その王族はあるじの婚約者だ。

「ごめんね、レーン。嫌な気がしたよね。だから、ずっとおかしかったんだ」

それだけじゃないと答えたが、オルフェリアは聞かなかった。

「時々、ああ、まずいかなとは思ってたんだよね。レーンがちょっと羨《うらや》ましかったりすると」

「ごめんなさい」

「いや、謝るのはわたしなんだよね。横恋慕《よこれんぼ》した上に、頭下げられたら面目丸つぶれだから」

むりやり顔を上げさせられた。オルフェリアは小さく笑みを浮かべる。

「バレて気が楽になった。安心していいよ。邪魔しようなんて思ってないから」

「それでいいの？」

思わずエルレインは訊《き》いた。諦《あきら》めの態度にもどかしくなる。

「だって身を引くって言ってるのよ。ってわたしが訊くのは絶対変だと思うけれど」

「変だよ。でも答えると、引くも何も、もともと身を出すつもりなんてなかったんだってば」

あのね、と念を押された。身を乗りだして、エルレインの手の甲を軽く叩く。

「あなたを押しのけたりしたら、わたしもしあわせになれないから」

「それ、そっくりそのままお返ししますけど」

冗談ぽい口調に、つい返事が拗《す》ねてしまった。だが、気持ちに偽りはない。

「だからさ、言うつもりなかったんだって。ねえ、聞かなかったことにしない？」

「あなた無茶苦茶《むちゃくちゃ》よ、リオ」

「そう？　努力次第だと思うけれど」

あっけらかんと言われると、二の句が継げなくなる。どう答えようかと盗み見ると、オルフェリアがうなずいた。自分はすべて忘れた、とでも言うように。

いいのだろうか。

いいはずがないと思った。けれどオルフェリアには話を続ける気がない。長いつきあいだ。

見ていれば、はぐらかしたいのだとわかる。

「一つだけ訊いていい？」

長いこと迷ったエルレインは、その質問を最後にしようと決めた。とりあえず、今はここまでにしよう。オルフェリアを追い詰めたいわけじゃない。仲違《なかたが》いしたいわけでもない。

「いいけど、答えられること？」

「たぶん。ええとね、いつから？」

知ってどうするとも思ったが、知りたくもあった。オルフェリアは答えを渋らず、あっさり教えた。

「自覚したのは、この間。ほら、馬上槍試合の」

衆目《しゅうもく》の見守る中、アレクセルは〈姫将軍〉オルフェリアに跪《ひざまず》き、彼女を讃《たた》えた。

「何これ夢、って思って。そしたら、殴《なぐ》られたみたいになってさ」

「殴られる？」

妙な表現だと思って訊《たず》ね返す。

「そう。うわっ、わたし殿下のこと好きだったんだ、って突然気づいて」

「……そう」

色気のなさにげんなりした。妬《や》くどころかときめきもしない。

「今思えば、けっこう最初から好きだったみたいでさ」

隠さなくてよくなった途端、オルフェリアはそんなことまで言いだした。成り行き上、エルレインは「初めってどのくらい？」と訊いてみる。

「会った瞬間？　それに、わたし戦って負けたじゃない」

木剣で試合をし、オルフェリアは剣をはじき飛ばされている。

「あれが決め手だったんじゃないかな」

「男性は、強くてナンボ？」

「当然。わたしが蹴《け》ったら廊下《ろうか》の端まで飛ぶような男《の》はさ」

「あなた、好きな人を蹴るつもりなの」

「蹴らないよ。蹴りませんけど、わたしより弱いのは論外」

「でしょうね……」

初恋の人が剣の師だというのも、うなずける。オルフェリアはメレイス・イスヴァートに殺意を覚えるほどしごかれまくった。

「どうして口にしちゃったんだろうね、ゼルイークさま」

行儀《ぎょうぎ》悪く足を組んだオルフェリアが言った。黙っていればよかったのに、と表情が語る。

「怖い夢を見たのよ。あの方はずっと独りで戦ってきたでしょう？　それで、……わたしを失いたくないと思って」

他に言いようがなくてそう表現したが、面映《おもは》ゆい。

「間違ってない？　言ったら、失うじゃない。少なくとも、あなたと殿下のどちらかは。それでいいと思ったんだ？」

オルフェリアは責める口調だった。ゼルイークが似たような状況で、自分の逆を選んだからだろう。

「本当は黙っているつもりだったみたい」

「だったら死ぬまでそうするべきだよ」

どんなに自分がつらくても、と言う。オルフェリアはそういう性格だ。

「みんなが、あなたみたいに強いわけじゃないわ」

そして、たとえ強くても耐えきれない痛みだってある。

「わたしだってあのままがよかったわ。でも、仕方がないのよ。あれは言わずにはいられなかったの」

ゼルイークの呪いについて、オルフェリアはほんのさわりしか知らない。あまりに私的すぎるからと、エルレインも詳しくは避けた。薄々察したらしいオルフェリアは、合点《がてん》しながらも割り切れない顔をした。

「そんなものなのかな。だけどさ、どうするつもりなんだろうね。レーンを奪うの？」

エルレインは答えられなかった。後先を考えた告白ではなかったと思う。

「レーンは？」

「──答えは出ているの」

お腹《なか》の中が冷たくなった。怖れだ。

「ただ、声にしたくなくて。言えば、そこにしか進めなくなるから」

「迷ってるんだ？」

「だって、どちらもと言うわけにはいかないのだもの。さっき、シラルさまともその話をしていたのよ、恋愛の定数は二よね、って」

「へえ。シラル殿下とね、ふうん」

不満いっぱいの相づちを打ってから、オルフェリアは人の悪い顔をした。

「なんてね。でももう、殿下なんか頼らないでよ。何でもわたしに言ってよね」

「ありがとう、言うわ。だけど、それってあなたやきもち？」

「いけない？　っていうか、考えてよ。血が繋《つな》がってるだけのぽっと出の小童《こわっぱ》が、わたしの役目を取ってちょこまか」

「だから悪かったわ、ごめんなさい」

「ほんとだよ。まったく、首絞《し》めたくなるほどイヤミな小猿の友だちを、誰がやって来たと思ってるのさ」

「まあ失礼ね。手のつけられない乱暴者と付き合ってたのは、わたしですけど」

お互い肩を聳《そび》やかした。わだかまりが解けて消えてゆく。

「どうでもいいけどさ、定数に二、四か」

オルフェリアが独《ひと》りごとめいて言った。たしかにエルレイン、アレクセル、ゼルイーク、オルフェリアで四角関係だ。

「何だか、どこぞの悲恋ものみたいね」

侍女《じじょ》たちの飛びつく物語本である。失笑してきた二人が渦中《かちゅう》にいると思うと、人生の皮肉を感じる。

「はー、苦手。嫌になるよね」

オルフェリアが伸びをした。先の台詞《せりふ》が読めるような気がして、エルレインは言ってみる。

「素振《すぶ》りでもする？」

「んー、しようかな」

「わたしもやろうかしら」

「嘘。今日、黒い雪でも降るの？」

エルレインの言葉に、オルフェリアが外を窺《うかが》う。いつも断っているとはいえ、黒い雪とまで言わなくてもいいと思う……。

「いい加減、今回は編み物はしつくしたからよ。たまには身体《からだ》を動かしたっていいでしょ」

「日々動かすのをお勧めしますよ、姫君。ああそうだ、レーンが出るなら遠乗りに行こうか。わたしの馬に乗せてあげる。天気も、しばらくは保ちそうだしさ」

空は薄曇りだが、風もなく、雪の降る前触れの冷え込みもない。

「二人だけで？　いいのかしら」

「いけなくはないでしょ。わたしはあなたの護衛なんだし」

剣の腕は誰もが認めるところでもあり、城下は平和でもある。

「行こうかしら。そういえば、二人で出かけたことはなかったわね」

常に三人、ないし四人で、さらに供もついた。

「以前だったら、外に出られるっていう想像は『リオと二人で』だったのに」

エルレインの側にはオルフェリアしかいなかった。だからだ。

それだけ、人もものも動いた。変わってゆくのが人の定めとはいえ、不思議な気持ちもする。

「そうだね、わたしもそう。ビラビラに着飾ったレーンを乗せて、馬で駆け回ると思ってた」

「ビラビラって何よ。微妙に腹が立つわ」

悔しいから、本気で飾り立ててやろうかと思う。香水も振りまいてやる。

というのは冗談で、とエルレインは口を開く。

「ええとね、リオ。もし手間じゃなければ、わたし自分で乗るわ。手綱《たづな》とかは、あなたに曳《ひ》いてもらわなくちゃならないだろうけれど」

「もちろん。そっか、何もわたしが乗せなくてもいいわけか」

今さらながら気づいたという顔をした。エルレインは、馬に跨《また》るのはごめんというタイプでもない。

「じゃ、昔の乗馬服を貸してあげる。支度《したく》の侍女を呼んでおいて」

オルフェリアが、含みをもってにやりとした。今の服を貸さないのは、どこもかしこもぶかぶかだからだ。

「きっと、また本が出るでしょうね」

相乗りしようと、轡《くつわ》を並べようと、新しいネタを探している戯作者《げさくしゃ》は飛びつくに違いない。二人の『知られざる』日常を題材にした本は、ひそかな愛読者に大人気なのだ。

「どうぞどうぞ、出してくださいという気持ち」

オルフェリアがさばさば言った。

「他の秘密が漏《も》れるくらいなら、あなたとわたしが見つめ合って抱きあうくらい、何てことないからね」

あくまでも、二人の甘い関係は創作上の話だ。仲がいいのは認めるが、互いを異性のように想い合う事実はない。

「今なら、口づけまでは目を瞑《つむ》るわ」

悪質な本は没収《ぼっしゅう》、罰金。時には入牢となるが、描写によっては目こぼししようと思ってしまう。四角関係が知れるより、よほどマシだ。

「城下で、一つくらい楽しみを提供しておく？」

微笑《ほほえ》みあう、寄り添うなどすれば、勝手にそのシーンが膨《ふく》らむのは折り込み済みだ。

「わざわざしなくたって、演出してくれるんじゃないかしら」

「まあね。本の中のレーンは、いつだってお姫さまみたいだし」

凄《すさ》まじい脚色ぶりだと言いたいらしい。悪かったな、とゼルイークの口癖《くちぐせ》を真似《まね》たくなる。

「言っときますけどね、リオ。わたし、本物のお姫さまですから」

王の一人娘だ。間違いではない。

「はいはい、そうだね。血筋は正しいね」

そこだけが価値のように言うオルフェリアに、エルレインは履《は》いていた靴《くつ》を投げつけた。笑いながら扉の向こうに逃げ込んだ友に、エルレインはわざとらしい顰《しか》め面《つら》を向ける。

第6章　教育係兼魔法使い、王女にさよならを告げる。

お母さま。

エルレインは王城、水晶城《すいしょうじょう》の肖像画《しょうぞうが》の回廊《かいろう》に立っていた。歴代の王と王妃《おうひ》の肖像のかけられたそこは城の片隅にあり、人通りも少なくひっそりとしている。

絵の中の母レリは、成婚後間もない姿を留めていた。歳《とし》は今のエルレインと幾つも違わない。エルレインを妊《みごも》った頃だといい、腹部にはそっと手が当てられている。

そのしあわせに満ちた母にエルレインは会いに来た。もう一つ、〈国守《くにも》り〉としての肖像画もあるのだが、厳しい表情のそちらではなく、この母に会いたかった。夫となる人を魔法で救い、代価をエルレインで払うことが出来ずに、自らの命で贖《あがな》った母に。

「後悔してませんか」

エルレインは心で母に問いかけた。声が聞きたくて耳を澄ませてみる。

レリは思う通りに生きたと父も叔父《おじ》も言う。古いしきたりの定めた夫が恋した人で、国中の祝福を受けて王妃となった。けれど、あっという間に駆け抜けてしまった。

エルレインを魔王から守る道を選んだ結果だった。末永く夫と歩むことも、他の子を持つことも投げうった母に訊《き》きたい。それでよかったのか、と。

「よかったのよ」と母は言うだろう。父たちから教わった母の印象ではそうだ。

旋風のような女性《ひと》だったという。咲き誇る花のように、鮮やかに人を魅了したとも。

きっと思いきりのいい、まっすぐな人だったのだろう。だが、その母も泣いたという。エルレインの代わりに自分が死ぬ覚悟を決めて。

少しは、軽々しい誓《ちか》いを交わした自分を責めたのかも知れない。その誓いが、長く続くはずだったしあわせの日々をレリから奪った。

誰しも、すべてを手に入れられはしない。母もエルレインも。ただ、後悔だけはしたくなかった。そのための道を、エルレインはレリに訊きたかった。

とっくに心を決めたはずなのに、まだ揺れている。誰も泣かず、傷つかない方法をまだ諦《あきら》めきれない。あるはずがないのに。

だから背中を押してもらいたかった。それでいいのよ、と。わたしだって泣いたのだもの、仕方ないわ、と。

エルレインは長いこと母を見上げていた。もちろん声なんて聞こえはしないのだ。わかっている、答えは自分と向き合って出すしかない。

「エルレイン」

背後から呼びかけられ、エルレインは振り向いた。知らぬ間にアレクセルがそこに来ている。

「妃殿下《ひでんか》と話されていたのか」

アレクセルが横に並んで訊いた。自分もレリを見上げる。

「わたしも、こちらの妃殿下の方が好きだな。城を潰した、と申し上げても許してもらえそうな気がする」

「そんなことをなさったんですか」

エルレインはぎょっとした。さすがに、生半可《なまはんか》なことでは城は潰れないだろう。

「いや、城は大げさで、どちらかというと屋敷だが。ちょっとした悪戯《いたずら》心がだな、思いがけずおおごとに……」

何をしたのだ、何を。

エルレインは目を剝《む》いたが、あえて訊《たず》ねなかった。そんな話をしに来たのではあるまい。

ゼルイークが目覚めて、七日が過ぎようとしていた。エルレインがお籠《こ》もりをやめてからは四日が経っている。

あれきり、二人の関係はぎこちなかった。お互いに気を遣い合い、会話がすぐにとぎれる。エルレインは「心配させた」と詫《わ》びることも出来ずにいた。謝れば話の行き着く先は見えている。

「わたしを迎えに来てくださったのですか」

「うむ。見せたいものがあるのだ。それで、頃合いを見計らって出てきたらここだと言われた」

　エルレインが水晶城を訪れたのは父に呼ばれたからだった。名目は茶話会の打ち合わせだが、見え透いた口実だ。もてなしは侍女たちが心得ているし、用があれば馬で駆け下りてくる父である。

　離宮《りきゅう》の噂《うわさ》が耳に入り、案じたようだった。今回に限り呼び寄せたのは、あちらでは話しにくいだろうと考えたかららしい。

　父ラバールは何も訊かなかったが、それとなく気遣っていたようだ。「ムコどのを立てねばならぬぞ」ととんちんかんなアドバイスもくれた。何をどう聞いたのか、エルレインとアレクセルが喧嘩《けんか》したと思ったようだ。

　方向があさってではあるが、父の思いやりをエルレインはありがたく思った。訂正《ていせい》もせず、皮肉も交えず素直に「はい」と答えると、父は空模様を気にした。やはり探したのは黒い雪だった。小憎らしい。

「父が呆《あき》れるほど茶話会を楽しみにしてました」

「ああ、明後日《あさって》だったたか」

　アレクセルがこめかみを掻《か》いて宙をにらんだ。結局、何を話すかを決めきれなかったのかも知れない。

「それでアレクセルさま、見せたいものというのは」

「妃殿下とのお話はよいのか？」

「はい。もうすみました」

「ならば、こちらへ」

アレクセルに促され、エルレインは回廊《かいろう》を後にした。窓の外で雪が踊っている。

「降り始めてしまったのですね」

「半刻ほど前からかな。だから迎えに来たんだよ」

アレクセルはそう言い、エルレインを裏庭に連れ出す。テラスのところには侍女《じじょ》たちやオルフェリアが待ちかまえていて、エルレインはマントを着せかけられた。

「寒いからね」

自分も外套《がいとう》を着込んで、毛皮の耳当てをつける。帽子ですっぽり覆《おお》わないのが、最新のエリアルダ流行であるらしい。

エルレインにも、と渡された。白いふわふわのそれを、アレクセルはわざわざ取り寄せたようだ。

「思っていたとおりだ。かわいらしい」

キンと冷えた裏庭に出て微笑《ほほえ》んだアレクセルの息が白く立ち上った。エルレインは庭の隅へと手招きされる。裏庭は、すぐそこに森が迫り鬱蒼《うっそう》としていた。黒い槍のような常緑の木々が、粉砂糖のような雪に飾られている。

何を始めるつもりだろうとエルレインは訝《いぶか》った。「ええとだな」などと言いながらアレクセルは木の陰へ入って黒い板を取り出してきた。びろうどの布が張ってあるらしい。売りものではなさそうだ。

「ご自分でお作りになったんですか」

「侍女どのに仕立屋を教えてもらって、端切《はぎ》れをもらってね。先に冷やしてあったのだ。そうでないと具合が悪い」

アレクセルは板の端だけに触れ、身体《からだ》から離して持った。空を見上げながら、雪を受け止めようとする。

音もなく雪は黒い板に落ちた。目を丸くするエルレインに、アレクセルはそれを差し出す。

「よく見てごらん」

言われるままにエルレインは板に顔を近づけた。はじめは意味が分からなかったが、雪が白い粒ではなく、形があることに気づく。

「まあ」

うっかり息を吐きかけてしまうと、雪の輪郭《りんかく》がにじんだ。アレクセルは溶《と》けた雪を払い落として、もう一度、別のものを黒いびろうどに乗せた。

今度はエルレインも注意深く覗《のぞ》き込む。目を凝《こ》らすと、小さな小さな雪が花のように見えてくる。

「この形、知っています。寒かった次の日に、窓が凍るとこんな模様が出来ますよね」

王都では一冬に数度、そんな日がある。

「うむ、それと似ているな。雪はみな、このような形をしているのだ」

「少しずつ形が違うみたい」

「そうなのだ。その時々でも違う。もっと花のようなのも見たこともあるよ」

「でも、これもとても綺麗《きれい》です」

雪は花にたとえるなら、六枚の花弁があるようだった。細く長い花びらに、羽毛のような飾りがついて華やかだ。

二人で板の端と端を持ち、触れあわぬよう、それでも寄り添うようにして雪を眺めた。そうしている間にも、雪は降り積もり、また新しい形を見せる。

「本当に綺麗」

「うむ。儚《はかな》いからこそだろうな」

アレクセルの言葉は、何かを喩《たと》えているように聞こえた。エルレインは見遣《みや》ったが、彼は熱心に雪を見ている。

「人のようだと思わぬか。そのままでいられずに、変わる」

「人の心のようだと思います。とけてゆけるのですもの」

謎かけのようなやり取りになり、アレクセルが笑った。

「とけてゆける、か。——変わるのはよいことなのかな」

どこか寂しそうに訊《き》いた。エルレインの言葉から、別の意味を汲《く》み取ろうとするように。

エルレインは答えた。

「わかりませんが、ありのままなのだろうと。わたしたちは完全でないから、変わってゆくのでしょう。いつまでも同じであり続ければ、それは永遠を意味します」

この世界では、永遠とは環《わ》を指し、環は魔法を象徴する。

エルレインはそこで話をいったん変え、アレクセルに詫《わ》びた。

「ごめんなさい。この間からわたし、とても失礼な態度をとっていました」

「ゼルに酷《ひど》いことを言われたのだろう？」

アレクセルが訊いた。そう思いこもうとしているように聞こえた。

エルレインの中に、あの小説の一文が甦《よみがえ》る。『秘めごとはやがて、海の底、貝の中で真珠《しんじゅ》と変わる』

何があったかを言うべきではないと思った。アレクセルが傷つくだけで終わる。エルレインは首を振って否定した。それに酷いことを言ったのは、わたし。けれど事実も呑《の》みこみ、切り札のように最後の一つを言葉にした。

「酷いことを言ったのは魔王です。あの夜、魔王が現れたんです」

「エルゼラスが？　わたしが部屋に戻った後にか？　なぜ呼ばない！」

びろうどの上の雪がすべて溶けた。エルレインは板を奪い、滴《しずく》を振り落として新しい雪を集める。

「はじめは声が出ませんでした。その後はとても余裕がなくて」

必死だった。剣も槍も使わずとも、あれは戦いだったのだと思う。

「あなたは無事なのだな。魔王に何もされていないな」

「はい。あの方の目的はゼルイークさまでしたから。脅《おど》すために来たんです。もっとも恐れていることになるかも知れないと」

「だからゼルは――」

アレクセルは口をつぐんだ。表情が曇る。

「わたしは見当違いにゼルを責めたのかも知れぬ」

「ゼルイークさまはわかっておいでだと思います」

エルレインは言葉を切った。意味もなく雪化粧《ゆきげしょう》の森を見つめる。

「わたしは、あの方が隠したかった部分を知ってしまいました。あの方の中にいる――迷い子を」

「そうか」とアレクセルは応じた。彼は承知していたのだろう。

「ゼルイークさまは、シーラさまとは別にも、おつらい思いをしているのではありませんか」

エルレインは訊いてみる。アレクセルはためらいを見せたが、やがてうなずいた。

「ゼルは生母に恵まれなかったのだ。生まれてすぐ、遠ざけられた」

「そうなんですか」

誕生を祝福されなかったように言っているのを聞いた覚えがあった。だからなのだ。

「曾々祖母《そうそうそぼ》に当たられるフラニエル賢妃などは目をかけてくださったようなのだが、ずっとダナークに預けられて育ったらしい」

ダナークはゼルイークの所領だ。そこも守る臣下の屋敷か何かだろうか。

「じゃあ、ずっとお寂しかったんですね。それなのに、魔王もヴィエンカさまも、あの方をまた独《ひと》りに追いやろうとしているなんて酷すぎます」

「理由はそれぞれ違うのだと思う。だが、そうだな。残酷《ざんこく》だ」

「アレクセルさま。わたし、ゼルイークさまを独りにしたくありません」

エルレインの言葉に、アレクセルが息を呑《の》んだ。エルレインは聞こえなかったように、強引に先を続けた。

「あの方は、アレクセルさまを必要としています」

アレクセルは驚いたようだったが、静かに答える。

「それは、あなたもだよエルレイン」

「だったら嬉しいですけど。わたしもあの方が嫌いじゃありません」

「言うようになったね」

二月《ふたつき》前は認めるのすら大騒ぎだったのに、というのだ。嫌みがきつかったとアレクセルが恥じ入る顔になる。

「すまぬ」

「いいえ。あの時はこっぱずかしかったんですもの」

「今は違う？」

「違います」

ゆっくり、一つずつ、エルレインは言葉を選んだ。

「あの方が望むなら、わたしは共に戦おうと思っています。そうしてほしいかはわかりません。まだ、訊いてませんから」

「でも、それがあなたの気持ちなんだね」

「わたしの問題でもあるんです。エルゼラスは母を奪《と》り上げました。魔法の代価としては文句を言えないのはわかってます。けれど、そこでおしまいにならずに、今も続いているんです。魔王はわたしを諦《あきら》めていません。ゼルイークさまが関わっていますから、余計に」

「魔王はゼルを追い込むために、あなたとゼルを別《わか》つと？」

「させるものですか、と思っています。気持ちだけは。でもわたしは魔女ですらありませんから、どれだけ抗《あらが》えるのか自信が持てません」

　エルゼラスの手の一振りで、エルレインの命の灯は消えるかも知れない。

「そう思うほど、ゼルが大事なのか」

「大事です。とても。アレクセルさまと同じに」

「わたしのことはいいよ」

　アレクセルが苛立《いらだ》ちを見せて遮《さえぎ》った。板を支えたままエルレインを見つめる。

「それで。わたしはどうすればいい？」

「お許しをくださいませんか。わたしがあの方と、魔王に立ち向かうことを」

　アレクセルは喉《のど》を鳴らす。長いこと黙ってエルレインを見下ろし、熱い息と共に答えを吐き出した。

「いいよ」

「それから、ずっと変わらず、ゼルイークさまの側にいて下さい」

　目を瞠《みは》ったアレクセルは、口をきつく結んでうなずいた。

「あなたのために誓《ちか》おう」

「ありがとうございます、アレクセルさま。わたしを誹《そし》られて当然ですのに」

「あなたを誹ったりしない。あなたは、わたしの愛した人だ。あなたの願いは叶えたい」

　エルレインは涙ぐみそうになって、無理に微笑《ほほえ》んだ。アレクセルも倣《なら》う。

「言っておいで、ゼルにあなたの気持ちを」

「言いに行きます。今夜、あの方のところへ」

「では、今しばらくは空を仰《あお》いだ。目に飛び込む雪に、瞼《まぶた》を閉じる。

アレクセルは空を仰《あお》いだ。目に飛び込む雪に、瞼《まぶた》を閉じる。

雪が溶《と》けて流れた。涙のように。

「儚《はかな》くて、綺麗なものだな。……本当に綺麗だ」


深夜。雪は止み、月が銀世界を照らした。

自室でエルレインを迎えたゼルイークが、彼女を招き入れながら言った。

「そろそろ、おいでになると思っていました」

今夜もまた、いつかのように上着まで着こんだままでいる。

エルレインの方もドレス姿だった。晩餐《ばんさん》前に着替えた、くすんだ紅色のそれだ。

しく、襟《えり》や袖《そで》の縁取りに毛皮がついている。幅広の髪留め《ヘアバンド》もお揃《そろ》いだ。冬の衣装《いしょう》らしく、
薄茶色の斑《まだら》のある毛皮は、エルレインを年齢よりも大人びて見せていた。血の気《け》のない頰《ほお》のせいもあるだろうか。

「相変わらず、よい勘《かん》をしていらっしゃるのね。だから、その恰好《かっこう》ですか？」

「いいえ。お見えにならなければ、こちらから伺《うかが》おうと思っていました」

ゼルイークは、一つしかない椅子《いす》にエルレインを座らせた。自分はその前に立つ。

「エルレインさま」

「お話があるんです」

二人の声が被《かぶ》さりあった。お互いに先を譲《ゆず》り合い、ゼルイークが口を開く。

「あなたにお詫《わ》びを申し上げたかった。この間は、ずいぶん勝手なことをしました」

「わたしこそ。あなたの気持ちも考えずに――」

「それはわたしの方です。言い訳させてもらえるなら、何も考えられなかったんです」

「いいんですゼルイークさま。仰《おっしゃ》らなくてもわかります。わかっていたのに、あんなことを言いました。あなたを恨むだなんて」

「恨むでしょう？　当然です。わたしは、せっかくのぬるま湯を台無しにした。これでも、わたしだって望んで作ったはずだったんですよ。あなたと死ぬまで口げんかするはずが、これで出来なくなりました。気づいたら、口走っていた。脆《もろ》いものです」

遠い目をしたゼルイークに、エルレインは訊《き》いた。

「ずっと言わないつもりだったのですか。隠していたら苦しいでしょうに」

「時々はね。ですが殆《ほとん》どは楽しかったので、忘れていました。あなたはそこそこ賢く、なかなか美しく、すばらしく皮肉屋なので、刺激がありましたから」

「褒《ほ》めてるんですよね、それ」

「褒めてますとも、最大級に」

「わたしも、似たような話をシラルさまとしました。あなたを『あんな皮肉屋は他にいない』と」

「いるわけありませんよ。あなたをぎゃふんと言わせられるなんて、他に誰が？」

ゼルイークがわざとらしく肩をすくめてみせる。深刻になるのを避けているようだった。

それでも言わなければならなかった。ここを通り抜けなければ、エルレインはどこにも行けない。

「内緒にしてくださいね、これ」

エルレインは前置きして話し始めた。

「この前、リオが言っていたんです。馬上槍試合の日、アレクセルさまに跪《ひざまず》かれて『うわっ、わたし殿下が好きだった』と気づいたって」

「オルフェリアどのの気持ちなら知ってましたよ。あなただって、だからやきもきしていたんでしょう？」

「ええ」

「打ち明けられたんですか」

「成り行き上」

「それでも絶交にはならなかった？」

驚かれると、少しばかり落ち着かない。自分でも、ああいう場合は仲違《なかたが》いするのが普通の気がするのだ。

「へんてこりんですよね？」

「いいえ、あなたがたらしいと思いますよ。何というか、よく出来ているんでしょうね。うまい言葉が見つかりませんが」

エルレインもだ。強《し》いて言うなら、恋愛と友情をわけた状態を自然に作れているというか、そんな感じだろうか。

「わたしたちのことはともかく、リオの話を聞いて、わたしもそうだと思ったんです。だから責めてしまったんですけど、わたしもゼルイークさまが好きでした」

「過去形ですか」

からかうように訊《たず》ねたゼルイークに、エルレインはにらむ真似《まね》をしながら言った。

「今もです」

「では、もう一度初めからどうぞ」

「わたしも、あなたが好きです。これでよろしいですか」

言い直させられたエルレインは腰に手を当てた。ゼルイークは忍び笑い、ふと表情を翳《かげ》らせる。

「わざわざ言いに来たのは、続きがあるからですね」

この人は勘《かん》がよすぎる。エルレインは顔を顰《しか》めまいとした。ゼルイークは自嘲《じちょう》の笑みを浮かべて言ってみせる。

「だからしあわせになれないんですよ。──よしましょう、今のは取り消します。あなたを責めているみたいだ」

「わかってらしたの？　わたしが何をお話しに来たか」

「そのお顔を見れば。──わたしとは一緒になれないとか、応えられないとか、そういうことでしょう？」

「はい」

決意してきたのだ。エルレインははっきりとうなずいた。気持ちの揺れを隠そうとする、ゼルイークの瞳の色の変化を見た。胸が疼《うず》く。

「ごめんなさい」

「理由は？　恋煩《こいわずら》いで死にかかった、うちの殿下ですか」

「一つにはそうです。あの方がしてくださったことを仇《あだ》で返すなんて、どうしてもわたしには出来ません」

ゼルイークの孔雀石《くじゃくいし》色の目が、緑を濃くする。

「彼の泣き顔は見たくありませんか」

「ええ」

「わたしならいいと？」

「いいえ」

「ならば、わたしなら泣かないと？」

「いいえ。責めないでください、いえ、責めてもかまいません。あなたなら傷ついていいと思ったわけじゃありませんけれど、そう思われても仕方のない選択をしたんですもの」

「そりゃそうだ」

投げ遣《や》りな様子でゼルイークは言った。喉《のど》まで出かかった言葉をエルレインは呑《の》みこむ。じゃあ、何がなんでもあなたを選べと？　もしくは独《ひと》り静かに消えろと？　言う権利はないと思い、沈黙を守る。エルレインは、ゼルイークを傷つけたのだ。

「すみません」

口をつぐんだエルレインを見て、ゼルイークが詫びた。

「責めるつもりじゃなかった。――どんどん自分が愚《おろ》かになってゆく気がする」

気持ちを鎮《しず》めようとしているのが手に取るようにわかり、エルレインはつられまいとした。ゼルイークはやり場のない思いを向けるかのように、エルレインの肩越しに本棚《ほんだな》を見遣《みや》る。

「あなたが仰らなければ、わたしが言うつもりだったんです。あの日のことは忘れてくださるように、と」

エルレインははっとした。きっと、血の気《け》が引いたのが彼にもわかったと思う。

「ゼルイークさまは、それを言いに来ようと？」

「そのくせ責めたのか、と自分でも思いますよ。意外に、拒《こば》まれるというのはきついものなんですね、つい身を守ろうとする」

「そうね」

エルレインも今忘れろと言われ、すべてをひっくり返されたように感じた。反発したくなった。

「しかも、理由もたいして変わらないときている」

ゼルイークは、彼女と目を合わせないまま言った。

「あなたを殿下から取り上げることは、わたしには出来ません。出来ると思ったんですがね」

「アレクセルさまが大切ですか」

「どうやら、考えていた以上に」

苦笑したゼルイークは、困ったように続ける。

「まさか、こんな日が来るとは思いませんでした。これほど時が経って、初めてあれの気持ちがわかった。シーラの」

かつての恋人の名だ。彼らをモデルにした歌劇『魔王の花嫁』では、シーラは魔王とゼルイークの間で揺れ動き、どちらも選べずに自害している。

「実際は、あれは死んだのではなく魔王を選んだんですがね。それでも日に日にやつれていったのは見ていたわけです。ああそうか、と思いましたよ。すまないことをした」

ゼルイークが、二百五十年前に思いを馳《は》せる。

「もういいんだと言ってやればよかった。気持ちが離れているのはわかっていた、笑わなくなったのに気づいていたんですから」

「言えないんじゃないでしょうか」

心変わりをしたのはシーラだ。ゼルイークではない。

「言えないのはヘタレだからですよ。今回も、あなたがたのどちらも失いたくないのが本音なんです」

「それはわたしもです。馬鹿みたいですけど、ゼルイークさまがいらして、アレクセルさまもいるのが当たり前のように思っていました」

「ただのイヤミの応酬《おうしゅう》なのにうんざりするようなヤキモチをやいたり、あなたに飛びついて迷惑にも緑色になったり？」

「首にへばりつかれたり。あれ、けっこう重いんですけど」

アレクセルを話題にし、微笑《ほほえ》みを交わした。思いは同じだった。そんな彼だからこそ、だ。

ふうっと息を吐いたゼルイークが、しゃがみこんでエルレインの手に触れた。

「戻りましょう。わたしの目覚めた朝まで」

想いを確かめ合う前に。

「簡単に仰《おつしや》いますのね。そんなに都合よく、何もかも忘れたりなんて出来ません」

「するしかないんですよ。あなただって、殿下を嫌えない。わたしとどこかへ行くとは言えない。違いますか」

「言えません。でも、ですけど――」

　ゼルイークを好きだという思いも消えないのだ。

「努力はします。しますけれども、時間がかかります。きっと、もの凄《すご》く」

「そう言ってくださる程度には、わたしは好かれていたわけだ」

「ゼルイークさま！」

「すみません。嬉しかったものですから、つい、ね」

　珍しく素直ににやにやする。

「笑いごとじゃありません。冗談でもないんですから」

「だからふざけたんです。湿っぽいのは嫌いだ」

「根が暗いくせにですか」

「じめついている自覚があるからですよ」

　シャーシャーと言って、エルレインの手を強く握った。そのまま口に持ってゆき、指先を唇に押しあてた。

「魔法をかけさせてください。あなたが、あの日を忘れられるように」

「そんな」

手を引きかけたが、ゼルイークは許さなかった。

「あの日を忘れれば、あなたは元に戻れるはずです。以前と変わらず、わたしをインケン魔法使いだと思ってくださる」

「それは今この瞬間でも思ってます。でも、わたしに魔法はかかりません。すでに呪われた身なのですから」

「ものごとには常に例外があると教えたでしょう？　これは、その例外にあたります。魔法をかけるのは、このわたしだ。そんじょそこらの魔法使いとは違う」

「あなたの力はわかっています。ですけど、二人とも忘れてしまう――」

言っている途中で気づいた。魔法は、自身にもかけられるものなのだろうか。

「忘れるのはあなただけです」

「じゃあ、あなたは」

「覚えています。残念ながら、わたしの魔法はわたしには効かない」

「ご自分だけ苦しむんですか」

訊《たず》ねたエルレインは、こみ上げる感情をそのままぶつけた。

「どうして、いつもそうなの？　あなたは悪者になったり、自分だけつらい立場に置いたりするんですか」

「悪者になるつもりはありません。覚えているのをつらいとも思わない」

「嘘です。だってゼルイークさま、わたしはこの気持ちを忘れたら、アレクセルさまの元に嫁《とつ》ぎます。あなたになんか目もくれずにしあわせになるわ」

「望むところです、それがわたしの願いだ」

「あなた、おかしいわ！　理解できません」

「おかしくてかまいません。ずっとあなたの側にいる。皮肉を言いまくる。そういう選択も、わたしの中では有りなんですから」

「選択の話なんてしてません。戻るなら、わたしも耐えてこそでしょう？　わたしだけ知らん顔で、たぶんあなたを傷つけることも言ったりして、ぞっとするわそんなの」

「傷つきませんよ。自分の完璧《かんぺき》な仕事ぶりを誇りに思うだけです」

「わたしが全然覚えていないから？　ゼルイークさま――」

「忘れてもらわないと駄目なんだ。あなたが覚えていたら、きっと挫《くじ》ける」

「挫けてください」

エルレインは泣けてきた。話があべこべだとわかっていて言い募《つの》る。

「挫けるくらいなら、戻ろうなんて言わなければいいのよ。このままどこへでも連れて行けばいいじゃない」

「出来るほど男らしかったら、とっくにそうしてます」

ゼルイークが、エルレインを腕の中に抱き取った。

「出来ないし、したくないんです。あなたの手も、あの方の手も放したくない」

「馬鹿でしょう、あなた」

自分を棚《たな》に上げたエルレインに、ゼルイークが静かに笑う。

「自覚してますよ。生涯《しょうがい》で一番、しょうもないことを言ってます」

「二百七十年も生きているくせに」

「まだ二十四ですがね」

「いっそ二十も引いた方がいいですわよ」

憎まれ口を叩きながらも、彼の気持ちがわかる。アレクセルは、ゼルイークの日々を変えた。孤独という文字を消した。大事に思うに決まっていた。エルレインがそうだからだ。

「わたし、共に戦うと言ったはずですけど」

忘れるのは逃げるようで嫌だった。一人、楽をするようでもある。

「敵は魔王で殿下ではないでしょう？　そちらは期待しています」

「本気なの？　じゃあ『光』の約束も」

「取り消せるなんて思わないでください。わたしはインケン魔法使いですからね。次もその次も、しつこく幾度だってあなたに出会いますよ」

エルレインの魂《たましい》を持つ、エルレインではない女性と。

「そのうちのどこかでは、あなたを恋人に出来るかも知れない」

「気の長い話ね」

エルレインの苦笑に、彼は笑って答えた。

「それ以上に、わたしの生は長い。少しくらい、老後の楽しみがなくてどうします」

「ああ、そうなんだわ。例えば六番目のわたしは、シワシワのあなたを見る可能性があるのね」

六度生きると、どのくらい経つのだろうか。三百年？　四百年？

「絶対、老いぼれなんて好きになんてなりませんから」

「一筆入れてもらいましょうか。後のあなたに突きつけてやる」

「ずいぶん自信がおありね」

「二度と誰にも譲《ゆず》りませんから。あなたが生まれた瞬間、さらって山奥に籠《こ》もってやる」

だが、今回は違う。自分で決めたことでもあるのに、それがひどく淋《さび》しい。

「この一度だけですか」

エルレインは訊《き》いた。訊くのも、行動も愚かしいのだけれど。

「次があると思うと、太っ腹になるものです」

「ずるいわ、あなた。あなたはあなたでも、わたしはわたしじゃありません」

「そのくらいの痛みは受け持ってください。あなたは見事にわたしを振ったんですから」

「ご自分だって」

「先に言ったのはあなたです。しかもやけにきっぱりしてた」

「どっちつかずの方がよろしかったですか。でもそれは――」

「冗談です。切り出しにくい話をしてくださった。わたしがふがいないばかりに」

「まったくですわね」

同意にゼルイークが声を上げて笑う。やっぱりこの人は壊れている。

ぬくもりと鼓動が伝わる。息づかいが、すぐ側にある。

失いたくないと想いがこみあげる。エルレインは目を閉じて気持ちを殺した。

「時々、痛みを感じたりするのかしら。ものがたりにあるでしょう？　呪いをかけられたお姫さまが、恋人を思い出せないのに、その人の顔を見ると胸がずきっと」

「あるわけないでしょう」

呆《あき》れたように遮《さえぎ》ったゼルイークが訊いた。

「エルレイン、わたしを誰だと？」

「ゼ、エル、イルク」

彼の名を答えとした。偉大な魔法の環《わ》。それがゼルイークの名の意味だ。

「よろしい」とうなずいた魔法使いがささやく。

「わたしを、忘れてくださいますか」

「変な質問」とエルレインは言った。それから、挑むように答える。

「絶対、忘れてなんかあげませんから。あなたのことは一つだって」

「試せばわかりますよ」

やればとは言えず、エルレインは喉《のど》を鳴らした。言えるわけがない。

けれど、沈黙をゼルイークは肯定と取る。「いきますよ」と前置きし、ふいに身をじろぎした。

「エルレイン、最後にもう一度だけ口づけて――」

「だめよ、いけません」

「言うと思いましたよ」

すばやく唇を盗んだ。ほんのわずかだけ離れて、目元を笑わせた。

「これ以上は、戻れなくなる」

「！」

思わずエルレインはすがりついた。頬を寄せかけるのをゼルイークはたくみにはぐらかして抱きしめた。さっきより、その身体《からだ》が熱い。

甘い口づけが甦《よみがえ》り、エルレインは感覚を締め出そうとした。他のことを思い出そうとし、思い出せなくて目を閉じる。背に手を回した。ゼルイークを覚えようとした。その腕の感じ、頬を押しつけた胸。額に触れている彼の頰。

「これで正しいんです。わたしたちはお互いだけでは足りない。きっと鎖《と》ざされてきたからでしょう。数が多い方がいいなんて、どれだけ餓《う》えていたかという話です」

二人より、三人。あるいは四人。

「欲張りっていうのよ、その方がいいわ」

エルレインはささやき返す。どちらも選ぶ。代価はお互いを至上の存在としないこと。

「さよならって言うんですか」

エルレインは訊いた。目覚めたとき、彼は「お帰り」を聞きたがった。

「言って下さい。区切りですから」

「言えるか馬鹿」と思うと肩が震えた。それでもエルレインは言葉を押しだす。

「さよならゼルイークさま」

答える代わりにゼルイークはうなずく。「ああ」と言うのがやっとで、ずるいと思った。区切り。そういったのは彼なのに。

だが、エルレインを青白い魔法の環が閉じこめた。まばゆい、文字と紋様《もんよう》。ゼルイークを忘れさせる呪文が、エルレインを焦点にする。瞬くように輝いて力を放出する。

顔を上げたエルレインは見る。ゼルイークの口が「さよなら」と動くのを。

幾つかの光景が、エルレインの脳裏《のうり》ではぜる。色褪《いろあ》せて溶《と》けてゆく。この数日がなくなるのだと感覚でわかった。三日間のお籠《こ》もりも、あやふやな理由にすり替わる。

忘れてゆく。想いを告げられたことを、自分の想いを。エルレインとゼルイークは、再び「鳥籠《とりかご》の王女」と「教育係」になる。

その前に、エルレインは心に刻みつけたつもりになる。さよなら、わたしの魔法使い。

魔法の環は、輝きながら縮んでゆく。最後はエルレインの胸の中に吸いこまれて。

――すっと消えた。

終章　王孫子殿下、お約束の茶話会で真相に気づく。

ラバールは茶話会用にクジを作って待っていた。

一番を引いたのはオルフェリアで、王女親衛隊隊長は少々慌《あわ》てながら絶対母の耳に入れないでくれと出席者たちに懇願《こんがん》し、母秘蔵の人形を壊したことを打ち明けた。

「覚えてるわ、それ。わたしに見せようと持って来てくれたでしょう」

異国の名のある人形師の手によるもので、人目を惹《ひ》く顔立ちが美しく、頬《ほお》の色などはまるで生きているようだった。

「その持ち運びで壊したんだ。首が抜けてしまって。こっそり棚《たな》に戻して、後で母が気づいて悲鳴を上げた時に、さりげなく兄に罪をなすりつけた。六兄さまがこの間見てたよ、なんて」

オルフェリアの六番目の兄は王都の警備隊を率《ひき》いる一人だ。

「おかわいそうな六兄さま」

三番目の宿敵ローリオになら同情しないが、六兄さまは別だ。

「だってケンカしたばかりでさ。三発余計に殴《なぐ》られた分のお返し」

「意外に根に持つたちなんですね。エルレインさまのようだ」

澄まして言うのはゼルイークだ。右隣に座る教育係をエルレインは蹴《け》ってやろうかと思う。彼の毒舌《どくぜつ》は前にも増して冴えていた。あの短い眠りで邪悪な鋭気でも養ったのだろうか。

「では兄上が代わりに叱《しか》られたんだ」

シラルに訊《き》かれ、オルフェリアはばつが悪そうに首を縮める。

「仕返し以上だったので気の毒になりましたが、今更《いまさら》違うとは言えなくて」

後でそっと埋め合わせをしたという。いかにもオルフェリアらしい。

「リオ、何で埋め合わせたの」

「言いつけられた仕事を代わった。働きで返したわけ」

「だったら、その分をわたしもあなたに払うわ」

エルレインは言って、二番くじをヒラヒラさせた。エルレインの番だ。

「今のリオの話の真犯人はわたしなのよ」

「レーン⁉」

「貸してもらって、あれこれいじってるうちに手を滑らせて。慌てて髪を摑《つか》んだら」

「すぽーん」

厭味《いやみ》な擬音《ぎおん》はゼルイークだった。椅子《いす》の肘で頰杖《ほおづえ》をついてにやつく。

「その場に居合わせたかったですよ」

「パニックを見たかったなんて、つくづくイケズよね。いらっしゃらなくたって同じじゃありませんか。まるで見てきたみたいに言うんですから」

「つまり人並みに取り乱されたんですか」

「いちいち引っかかりますけど、わたしだって焦ります」

「いや、ゼルイークさま、わたしは気づきませんでした。ちょっと席を外した間にそんなことがあったなんて。レーンもだよ、ずっと黙ってたなんてさ」

「だから謝ろうと思って白状したのよ。あの時は本当にごめんなさい」

「何と素晴らしい茶話会か。オルフェリアにも姫にも後ろめたい秘密があるなど」

「そういう喜び方をされると、首を絞《し》めてやりたくなりますわお父さま」

今回は聞き役のオーデット王は、自分が披露《ひろう》した話以上の収穫《しゅうかく》にほくほくだった。外は粉雪、王の私的なサロンは暖かく、暖炉《だんろ》では勢いよく薪《まき》が燃えている。上等の茶と菓子で着飾った娘と友人をもてなし、話題は各自の「秘密」だ。これほどの楽しみもそうあるまい。

「次はムコどのであるぞ」

ラバールに促され、アレクセルが椅子《いす》に座り直す。どこか屈託《くったく》した様子にラバールが眉《まゆ》を寄せる。

「どうしたのだ？　何やら元気がないようだが」

離宮《りきゅう》から王城に向かう間も、アレクセルは沈んで見えた。訊《たず》ねると笑顔と「大丈夫だ」という言葉が返るのだが、すぐに心ここにあらずといった表情になる。

「それが、この期《ご》に及んで話を決められていなくて」

ごまかしているとエルレインは直感したが、この場では問い詰められない。

「ほう、迷うほどネタがあるのか」

「もちろんです陛下。わたしが故郷《くに》でどう呼ばれているかご存知ですか」

「言うんじゃありませんよ殿下。そんなものを聞かされては、陛下が安心して娘を嫁に出せなくなります」

「ふむ、そうか」

「そうです」

諫《いさ》められたアレクセルは、思案して口を開く。

「ならば称号の話はおいて置いて、本題に。ですが、これは本当に内緒ですよ」

声をひそめて始めた話に、居合わせた者は青くなった。言えない。漏《も》らしたら、エリアルダは大恥をかく。

続いた四番手のシラルの秘密も、本人の口を塞《ふさ》ぎたくなるような危険極まりない話だった。絶対に、言えない。下手《へた》をすれば国際問題、悪くすれば戦《いくさ》だ。

物騒な話の二連発に、エルレインたちは冷めたお茶を呷《あお》るように飲んで喘《あえ》いだ。エリアルダ王や叔父《おじ》のユークトがいなくてよかったと、心から思う。葬式が出たのは間違いない。

「ゼルイークどの、最後はもそっと穏やかに終わりにしてくれるとわしは嬉しい」

「では、陛下の仰《おお》せのままにしっとりと締めくくりましょうか」

「濁点《だくてん》がぬけてますわよ」とエルレインは思った。しっとりではなく、じっとりだろう。

「その昔、わたしには想いを交わした女性《ひと》がおりました」

「ふっ。あら失礼」

思いきり鼻で笑ったエルレインは、わざとらしく謝った。何を言い出すやらというエルレインを無視して、ゼルイークは続ける。

「おなじみのシーラではなく、その後の話です。たいそう美しい姫君で、心根もお優しかった。あなたとは大違いですね、エルレインさま」

「だまらっしゃい、一言多いですわよ」

昔話くらい、イヤミ抜きに語れないものかと思う。

「待て待て待て。ゼル、昔というのは、どのくらい昔だ」

にわかに生気を取り戻したアレクセルが訊いた。本人が断言した通り、ゴシップが大好きらしい。

「バラクト王の時代か？　それともワワリア女王の治世か？」

「そんなに多いんですか」

オルフェリアは目を丸くしている。ゼルイークと艶聞《えんぶん》が結びつかないのだろう。

「どの時代でもよろしい。足がつくことを、わたしが言うと思いますか」

「わからんではないか。エルレイン、協力して注意深く聞くのだ。あなたならエリアルダの歴史をご存知だからな、ぴんとくるかも知れない」

「わかりました。一言も聞き漏《も》らしません」

しばらくぶりにアレクセルと気持ちの通じた気がして、エルレインは嬉しかった。なぜ沈んでいるのかに思い当たらず、打ち明けてもくれないのでどうしようもなかったのだ。

「その方のお名前はなんという、ゼル」

「仮にエリレインとでもしておきましょうか」

「いけ好かない仮名はやめてください」

エルレインの抗議を、ゼルイークは笑顔で聞き流す。

「姫君なのだな、ゼル。そう言ったぞ」

「わたしにとって、恋人はすべて姫君ですよ」

澄まして目くらましを言い、ゼルイークは話に戻る。

「わたしはこんな身体《からだ》ですから、つかの間かもしれませんが、しあわせにしたいと思いました。ですが少々問題がありまして」

「異国の姫か？」

「すでに人のものでした」

ようだ。

「人妻か！」

アレクセルが唸《うな》って考えこんだ。過去二百五十年の宮廷恋愛記録を頭の中でさらいはじめたようだ。

その横で、エルレインは呆《あき》れた目を教育係兼魔法使いに向けた。

「またお相手の決まった方なの？　そういうのがお好きなのね」

「お言葉ですがエルレインさま。シーラは元はわたしの恋人でしたよ。あなたはそれしか知らないでしょう」

「そうですけど」

何となくそんな印象があったのだが、勘違《かんちが》いだったようだ。

「それで、どうしたんです？　相手の男性をカエルにでもしましたか？」

シラルが訊いた。魔法使いがどう行動するかを知りたいらしい。

「どこかの馬の骨なら迷わずそうしましたが、あいにく血縁でして」

「血縁とな！　もしや、わたしの曾々々祖父《そうそうそうそふ》に当たられる――」

「外れ」

斬《き》り捨てるように言ったゼルイークが、一同を見回す。

「わたしが身を引きました。あの方のしあわせにはそれが一番だと思いまして」

「そんな、ゼルイークさまだって」

言いかけたオルフェリアを、ゼルイークはそっと首を振って制した。

「正直、明日をも知れぬ身です。それは今でも変わらないわけですが、家族や夫と引き離した翌日、わたしがいなくなればエリレインはどうなりますか」

「ですからエリレインはやめてください」

「ええと。家族は怒っているでしょうし、夫の元へも戻れませんよね」

「ええ。エリレインを一人にしたらと思うと、気が咎《とが》めて。それに、夫が好人物で。あの二人を裂くのに忍びなかったんです」

「わかりますそういうの」

オルフェリアが言った。感情を込めすぎたと気づき、取り繕《つくろ》う。

「だって、ほら。その二人を見ているのも好きって言うかさ」

「ええ、ほんとそうよね」

エルレインは、友が墓穴を掘る前に救った。あまり慌《あわ》てると、一番知られたくない人に知られてしまう。

シラルが興味深い顔をした。目を瞠《みは》って訊ねる。

「あなたが引いたからと、収まるものなんですか。エリレインにだって気持ちがある」

「シラルさままでよしてください」

男たちはエルレインを振り向きもしなかった。ゼルイークは穏やかにシラルを見つめた。何やら、二人の間だけで分かりあう気配が漂う。

「魔法をかけました。わたしを忘れるよう」

「うむ？　それは邪法《じゃほう》ではないのか、ゼル」

聞き咎《とが》めたアレクセルにゼルイークが答える。

「厳密にはそうですが、この場合わたしはお目こぼしの対象になりますか」

「魔法には、そう色々と決まりがあるのですか」

「ええまあ。詳しい説明はご容赦《ようしゃ》下さい。それも、魔法に対する信義のうちなので」

「わかった。それで、魔法をかけて？」

「姫君は生涯《しょうがい》夫と添い遂げられ、しあわせに暮らしました」

「めでたしめでたし？」

「だと思います。あの方はわたしを忘れ、わたしもそう経たないうちに眠りに就《つ》きましたので。結局、あれでよかったのでしょう」

「そうなのか？」

　異を唱えたのはアレクセルだった。

「たとえ一刻で終わりが来ようと、人はその思いを胸に生きてゆけるものではないのか」

「わたしもそう思います」

　オルフェリアが同意する。

「一瞬だって、たしかにしあわせだったら、その後もずっとそう思っていられるんじゃないでしょうか」

「一人、世に放りだされても?」

苦しくもなんともない、とアレクセルたちがうなずく。ラバールが面白がるようにそれを眺め、シラルに水を向けた。

「そなたはどうであるか、シラル」

「僕も閣下《かっか》のように引いたでしょう。憂《うれ》いを残したくありませんから」

「そなたらしい答えだ。ではエリレイン、ではなかったレーン。そなたは?」

父にまで悪のりされ、エルレインはうんざりしてきた。だが、とにかくゼルイークの立場に立って考えてみる。

「引いたでしょうし、まず打ち明けなかったと思います」

「それでも打ち明けた場合は」とシラルが訊《き》いた。従弟《いとこ》がこれほど恋愛話に食いつくとはちょっと意外だ。

「悩んだでしょうけれど……」

言いかけたエルレインは途中で諦めた。自分がその後どんな行動に出たかを思い描けない。

「エリレインだったら、どう?」

「夫のある身で告白されたら、ですか? その方もゼルイークさまを想っていたのでしょう？」

やはりぴんと来ない。

眉《まゆ》をよせたエルレインは、オルフェリアの怪訝《けげん》そうな顔に気づいた。よく見れば、アレクセルも呆然《ぼうぜん》としている。

「二人とも、何か？　――ごめんなさいシラルさま、よくわかりません。でも、その方って本当に忘れられたんでしょうか」

いちゃもんと受け取ったゼルイークが片眉《かたまゆ》をあげた。

「わたしの魔法に不安でも、エルレインさま」

「そうじゃなくて。わたしなら忘れないように思うので。たとえ魔法が効いていても、何かおかしいというか、物足りないみたいでモヤモヤするんじゃないかしら」

「冗談じゃありませんよ、わたしの魔法は完璧《かんぺき》です」

「あらまあ、すごい自信」

「事実に裏打ちされてますからね」

「ともかく、閣下は身を引かれ、ものがたりは美しく幕を閉じたわけだ」

シラルが強引にまとめた。ラバールも満足したらしい。

ふと、エルレインは思い出した。秘密は守ってこそ秘密だというのが、自分とゼルイークの共通姿勢だ。

「今のお話に関わる方は、もうどなたもおいでではないのね？　だから明かしたのでしょうゼルイークさま」

うなずいたゼルイークが、懐かしそうな表情をする。エルレインの向こうに、エリレインを透かし見るような眼差《まなざ》しで言った。

あるいは、ここにいないエルレインに向かって。

「もう、あれは遠い夢です。遠く儚《はかな》い、昔の夢です」

終わり

あとがき

こんにちは、響野夏菜《ひびきのかな》です。ウーロン姫さまシリーズこと『鳥籠《とりかご》の王女と教育係』も5冊目を迎えました。

今回（も）、ゼル先生のヘタレ炸裂《さくれつ》です。そのせいで波乱の展開となっております。


などとZ師に責任を全部押しつけてしまいましたが（笑）

じつは来るべくして来た回でもありました。作者としてはようやっと着きましたかーというカンジでしょうか。ネタバレ防止のためにぼかして書きますが、ここを抜けないと、彼らはどこにも行けません。と思うと、ターニングポイントな1冊なのか。おー。

それにしても、ホント書けば書くほどゼル先生は大丈夫なんだろうかと思います。きみ、そんなんでこの先どうするのというか、よく今までやって来たねというか。

反対に潔《いさぎよ》かったのはA殿下でした。自分で書いといてナンですが、ちょっと拍手。

余談ですが、シリーズ最大のさびしんぼうはエルゼラス魔王さまでしょう。この方、かなり問題のある人です。時代ごとに人間の娘に手を出しては揉《も》め事を残してゆきます。だからおよそ一五〇年後には幽閉《ゆうへい》されちゃうんだよアナタ（笑）。それにしても、魔王さまの目的は謎《なぞ》です。永遠の伴侶《はんりょ》がほしいのかしら……。

てなわけで、お次はゲストキャラについて。エルレインの従弟《いとこ》のシラル殿下。既刊で出てきた王弟殿下ユークト公爵《こうしゃく》の嫡男《ちゃくなん》です。外国に遊学中でした。エルレインと同い年の十七歳。従弟に「弟」の字を当てているのは、シラルの方が後に生まれたからです。数ヶ月だけ、エルレインの方がお姉さん。

しかし見回すと、このシリーズ圧倒的に姉と弟の組み合わせが多いですね。ゼル先生にもアレックス殿下にも「姉」がいますし、アレックス殿下の両親も、従姉弟どうしで妃殿下《ひでんか》のほうが年上です。

まあ、オルフェリアには六人も兄がいるので、兄不足は解消されてるからいいか。

そういや、ローレシュ家の兄たち、なかなか全員集合になりません。毎回、せめて会話の中にでも登場させようと目論《もくろ》んではいるんですが、ストーリーに絡まないから入れようがない。

今までに多少なりとも出てきたのは四人です。一兄さまゴーリー（近衛《このえ》騎士団副将）、三兄さまローリオ（もと国王侍従《じじゅう》）、四兄さま（外国でドラゴン討伐《とうばつ》中）、六兄さま（都市警備隊の分隊長）。

むむー、二と五はいつ出られるのだろう。よし、次回もチャレンジだ。

作中、雪の結晶を見るシーンが出てきます。わたしも子どもの頃、やったことがあります。使ったのは色画用紙の黒。気象条件にもよると思いますが、それなりに形がわかって嬉しかった遠い記憶が。

現実世界では、雪の形が注目されるのは顕微鏡《けんびきょう》の登場以降です。日本でも、天保《てんぽう》年間に古河《ふるかわ》藩《はん》のお殿様が『雪華図説《せっかずせつ》』という雪の結晶を書き留めた本を出してます。古河には それに因《ちな》んだ落雁《らくがん》があるとか。寄ることがあったら探してみよう〜。

さて。そろそろ次回予告をして閉めましょう。

次は夏頃かと思います。ウーロン姫さまシリーズの6です。仮タイトルをこないだ担当氏に却下《きゃっか》されたので、題未定。内容としては、ちゃぶ台返しがあるはずです。ちゃぶ台は、この世界というか地域にはないですが、ある人が景気よくやらかします。

ではでは。読んでくださってありがとう。またお目にかかれますように。

響野夏菜

※この作品はフィクションです。実在の人物・団体・事件などにはいっさい関係ありません。

この作品のご感想をお寄せください。

響野夏菜先生へのお手紙のあて先

〒101―8050東京都千代田区一ツ橋2―5―10
集英社コバルト編集部　気付
響野夏菜先生

ひびきの・かな

11月20日、埼玉県生まれ。蠍座、O型。『月虹のラーナ』で1991年下期コバルト・ノベル大賞受賞。コバルト文庫に『カウス＝ルー』シリーズ、『アル-ナグクルーン』シリーズ、『S黄尾』シリーズ、『ガイユの書』シリーズ、『ダナーク魔法村はしあわせ日和』シリーズ、『今夜きみを奪いに参上！』シリーズなど多数の作品がある。蚊を世界から抹殺したいほど憎み、一滴の血も分け与えまいとする一方で、趣味は献血。おいしいものが好きなくせに、普段は「食べるのが面倒だから、光合成が出来る体になりたい」とほざく、矛盾したナマケモノである。

鳥籠《とりかご》の王女と教育係
さよなら魔法使い

COBALT-SERIES

2010年3月10日　第1刷発行

★定価はカバーに表示してあります

著者　響野夏菜
発行者　太田富雄
発行所　株式会社 集英社
〒101－8050
東京都千代田区一ツ橋2－5－10
電話　東京 (3230) 6268 (編集部)
(3230) 6393 (販売部)
(3230) 6080 (読者係)

印刷所　凸版印刷株式会社

ISBN978-4-08-601385-7 C0193

響野夏菜
イラスト／カスカベアキラ
恋の呪いを解くのは
超イヤミな魔法使い!?
鳥籠《とりかご》の王女と教育係
婚約者からの贈りもの
王女エルレインの呪いを解くため、婚約者の王子がスゴ腕な魔法使いを派遣してきて!?
魔王の花嫁
呪いの一部が解けたエルレインに訪問者が。なんと彼女の初恋の人である魔法使いで!?
永遠の恋人
ほぼ解けたはずの呪いが、今度は父王に!?
ゼルイークは魔王の気配を感じ取るが…?
姫将軍の求婚者
エルレインの暮らす離宮を、妖艶な美女が訪れた。彼女はゼルイークだと言うが…!?
コバルト文庫
好評発売中

〈好評発売中〉 コバルト文庫

魔法村の警察署長は超多忙!?

響野夏菜

イラスト／裕龍ながれ

ダナーク魔法村はしあわせ日和

シリーズ

～都から来た警察署長～

青年警察官イズーが赴任した田舎の村は、魔女が住まう魔法村だった！

～ひみつの魔女集会～

イズーは、ビーからその日の夜の外出を禁止される。約束を破れば…？

～ドラゴンが出たぞ！～

魔女長アガードに呼び出されたイズーとビーは、ドラゴンを退治することに!!

～いとしのマリエラ～

ビーに妹がいた!?　突然現れた妹・マリエラが、村に大事件を起こす！

～ただしい幻獣の飼い方～

年に一度の大掃除の日。図書館の掃除を任されたビーの失敗で、村に魔獣が大量発生!?